季語うんちく事典

新海 均＝編

まえがき

俳句を始めて、歳時記の面白さに出会った。それは同時に季語との出会いであり、日本語の豊かさとの遭遇だった。

一七文字という世界最短の詩に入っている季語を探す喜びは、俳句を知った人すべての驚きでもある。中村草田男は「季語を象徴的に使う」ことを心がけ数々の名句を残している。川崎展宏は「俳句は季語だ」と言い切った。藤田湘子からは「季語に新しい意味をつけなさい」とアドバイスを受けた。

その季語の中に、なぜ？　というトリビア的な要素を織り交ぜて、俳句と季語に、もっと身近に親しんでいただきたいというのがこの本の成り立ちである。「門松はなぜ立てるのか？」から始まり、「大晦日に「年越蕎麦」を食べる理由」まで。一年を通して春夏秋冬新年の季語の謎に深く迫ることは、「おや？　まあ！　へえ～」の連続。なんとも愉快な作業だった。

この本を通じて一人でも多くの人に、季語の奥深さに触れていただければと願う。また、俳句に親しみ、コミュニケーションのツールとして活用していただければ、この上ない幸せです。

（文中敬称略）

目次

まえがき 3

—春—

春分 11
彼岸 12
八十八夜 13
春一番 14
東風 15
霞 16
霾 17
山笑ふ 18
流氷 19
茶摘 20
花見 21
ぶらんこ 22
初午 23
雛祭 24
白子干 25
四月馬鹿 26
バレンタインデー 27
西行忌 28
利休忌 29
三鬼忌 30
啄木忌 31
蛙 32
囀 33
燕 34
鳥の卵 35
桜鯛 36
鰊 37
白魚 38
鱒 39
蛤 40
寄居虫 41
蝶 42
蜂 43
梅 44
桜 45
ライラック 46
夏蜜柑 47
花粉症 48
竹の秋 49
レタス 50
菠薐草 51
アスパラガス 52
山葵 53
菫 54
苜蓿 55

蒲公英 56
蕗の薹 57
若布 58
海苔 59

【夏】

雲の峰 63
梅雨 64
虹 65
雷 66
雹 67
更衣 68
浴衣 69
水着 70
ハンカチ 71
冷麦 72
麦酒 73
焼酎 74
甘酒 75
氷菓 76
土用鰻 77
花火 78
こどもの日 79
母の日 80
父の日 81
鬼灯市 82
祭 83
沖縄忌 84
原爆忌 85
桜桃忌 86
蝙蝠 87
海亀 88
蜥蜴 89
蛇 90
時鳥 91
郭公 92
緋鯉 93
金魚 94
初鰹 95
鯖 96
飛魚 97
蟹 98
海月 99
海鞘 100
蛾 101
蛍 102
天道虫 103
水馬 104
蟬 105
蠅 106
蚊 107

蟻 108
蟻地獄 109
ごきぶり 110
蚤 111
蜘蛛 112
百足虫 113
蝸牛 114
蛞蝓 115
柘榴の花 116
バナナ 117
仙人掌の花 118
胡瓜 119
メロン 120
茄子 121
トマト 122
玉葱 123
昆布 124

―秋―

月 127
天の川 128
台風 129
新蕎麦 130
案山子 131
相撲 132
敬老の日 133
七夕 134
盆 135
西鶴忌 136
子規忌 137
鹿 138
秋刀魚 139
蜻蛉 140
虫 141
蟋蟀 142
蟷螂 143
蚯蚓鳴く 144
蓑虫 145
放屁虫 146
柿 147
葡萄 148
紅葉 149
朝顔 150
鶏頭 151
菊 152
冬瓜 153
南瓜 154
薩摩藷 155
芋 156
牛蒡 157
唐辛子 158

秋の七草 159
萩 160
荻 161
松茸 162

【冬】

小春 165
寒さ 166
節分 167
木枯 168
雪 169
氷 170
氷湖 171
ボーナス 172
年越蕎麦 173
蒲団 174
セーター 175
玉子酒 176
すき焼き 177
畳替 178
炭 179
懐炉 180
湯たんぽ 181
火事 182
味噌搗き 183
スキー 184
ラグビー 185
風邪 186
くしゃみ 187
七五三 188
酉の市 189
義士の日 190
クリスマス 191
聖樹 192
時雨忌 193
一茶忌 194
蕪村忌 195
漱石忌 196
白秋忌 197
熊 198
狐 199
狸 200
兎 201
狼 202
むささび 203
鷹・鷲 204
梟 205
鯨 206
水鳥 207
鶴 208
鴨 209

鮫 210
鮪 211
鰤 212
河豚 213
海鼠 214
牡蠣 215
蜜柑 216
水仙 217
葱 218
大根 219

新年

小正月 223
門松 224
橙 225
年玉 226
屠蘇 227
雑煮 228
お節 229
歌留多 230
初夢 231
七種粥 232
左義長 233
初詣 234
七福神詣 235

あとがきにかえて 236

春

バスを待ち大路の春をうたがはず　石田波郷

春は陽春、芳春、三春、九春（春の九〇日間を指す）などの呼び方がある。
三春は初春・仲春・晩春で、次のように区切られる。
・初春　立春（二月四日頃）から啓蟄（三月六日頃）前日まで。
・仲春　啓蟄（三月六日頃）から清明（四月五日頃）前日まで。
・晩春　清明（四月五日頃）から立夏（五月六日頃）前日まで。

二四節気（太陽の動きを二四等分したもの。それぞれの間は約一五日）
・立春（二月四日頃）　東風が氷を解かし、暦の上ではこの日から春になる。
・雨水（二月一九日頃）　雪や氷が水になり、農耕の準備がはじまる。
・啓蟄（三月六日頃）　冬眠していた虫などが地中から這い出る。
・春分（三月二〇日頃）　彼岸の中日。昼夜の長さがほぼ同じになる。
・清明（四月五日頃）　清浄明潔の略。花の季節でみな生き生きとする。
・穀雨（四月二〇日頃）　あたたかい雨が新芽を濡らし、百の穀物を育てる。

一春分一　昼夜の長さはホントに同じ？

春分の日　お中日　中日　㊙秋分

春分の日と秋分の日は、昼と夜の長さが同じとされている。この時の太陽は赤道の真上にあり、地球の自転軸が太陽に向いて直角になっているためだが、実際は昼の時間の方がわずかに長い。

これは「日の出」「日の入り」がどのように決められているかを考えればわかることだ。もし「太陽の中心が地平線と一致する瞬間」と決められていれば、昼夜の長さは同じになる。しかし、日の出も日の入りも「太陽の上辺が地平線と一致する瞬間」と決められているため、太陽が沈みきる時間のぶんだけ昼間の時間が長くなる。しかも大気の屈折で、太陽は実際の位置より浮き上がって見え、日の出少し前から日の入りの後まで見えていて、さらに昼間の時間が長くなる。実際に昼夜の長さが同じになるのは、春分の日の三日前（彼岸入り）ごろ、秋分の日の三日後（彼岸明け）くらいになるという。

春分の湯にすぐ沈む白タオル　飯田龍太

一彼岸一　彼岸はなぜ七日間なのか？

お彼岸　彼岸中日　お中日　彼岸に入る　彼岸入　彼岸寺　彼岸過　万灯日

春の彼岸と秋の彼岸は、それぞれその中日を挟んで前後三日間をいい、ちょうど一週間になる。歳時記の上では、単に「彼岸」というと春の季語。秋の彼岸は「秋彼岸」と詠まなければならないので要注意。

仏教には道徳の基本とされる六つの徳目がある。①布施＝施しをして法を説き、衆生を救う。②持戒＝戒律を守る。③忍辱＝苦しみを耐え忍ぶ。④精進＝心身を清らかに保ち、ひたすら修行に励む。⑤禅定＝心を静め、統一して、瞑想する。⑥智慧＝道理を正しく判断して、善悪をわきまえる。彼岸には中日を挟んでこの六つを一日一つずつ修行しなさい、ということから計七日間になった。彼岸の中日が「春分の日」「秋分の日」となっているのは、この日に太陽が真西に沈むからで、西の方角にある極楽（西方浄土）に思いを馳せるのに、最も適しているからだとされている。彼岸は極楽を願う仏事なのだ。「西行」の名の由来もここからきているという。

毎年よ彼岸の入に寒いのは　正岡子規

八十八夜（はちじゅうはちや／はちじふはちや）　八十八夜って何の節目？

八十八夜は、立春から数えて八八日目にあたる五月二、三日頃。二四節気と違い、節分、彼岸などとともに雑節の一つで、八十八が米という字になることから農作業の目安とされる。「夏も近づく八十八夜〜」と文部省唱歌にあるように、茶摘みが始まる。八十八夜の茶は一番茶で、味もよく珍重され、飲むと長生きできるといわれている。

昔から「八十八夜の別れ霜」といわれる。なぜ八十八「夜」なのかは、霜が夜降りてくるからとも、月を基準にした太陰暦の名残ともいわれる。この晩霜で作物は全滅してしまうから、農家は煙を立てて畑を覆うなど、様々に工夫してきた。茶畑には今は高さ五メートルほどの扇風機があり、上空の暖かい空気を地表に送るようにしてある。この「別れ霜」以降、降霜の心配もなくなり気候も安定し、農家では種蒔きが始まるため、本格的な農事開始の節目とされている。しかし「九十九夜の泣き霜」という言葉もあり、自然相手の農業で人間のできることはごくわずか。

田一枚鏡や八十八夜待つ　　阿波野青畝

―春一番―　春一番、二番……春風は何番まで？

春一　春二番　春三番　春四番

「春一番」は、立春を過ぎて最初に吹く南寄りの強風で、二月中旬から三月上旬頃が目安。正式な気象用語ではなく、もともとは能登や志摩以西、壱岐の漁師たちの言葉だったそうだ。昔から漁に出たらいけないとされる強風だ。中国大陸から張り出した強い日本海低気圧によって生まれ、湿気を含み、「春を呼ぶ風」とも「木の芽起こしの風」ともいわれる。フェーン現象を起こし、火災、雪崩などの災害をもたらすこともある。

まれに桜を咲かせるのが春二番、花を散らすのが春三番となることもある。唐代の詩人・于武陵の詩を井伏鱒二が訳した一節の「ハナニアラシノタトエモアルゾ、『サヨナラ』ダケガ人生ダ」は有名である。時には春四番ぐらいまであるらしいが、春一番以外は一般にはあまり使わない。似た季語に「春疾風」があるが、これは中村草田男や石田波郷が詠んでから普及したと、山本健吉の解説にある。

春一番砂ざらざらと家を責め　福田甲子雄

東風（こち）

東風はなぜ〝こち〟と呼ばれるのか？

朝東風（あさごち）　夕東風（ゆうごち）　強東風（つよごち）　荒東風（あらごち）　梅東風（うめごち）　桜東風（さくらごち）

春になって柔らかい東風が吹く。「春風」に先行し、雨を伴うことが多く、寒さがゆるむので喜ばれるが、漁師たちには時化（しけ）になる風として警戒された。菅原道真（みちざね）の「東風吹かばにほひおこせよ梅の花あるじなしとて春を忘るな」（『拾遺集』）は有名。九州太宰府に左遷が決まり、京都の自宅を去る時に詠んだとされる。

凍てを解き、春を告げ、梅を咲かせる風として、古くから雅語として取り入れられた。東風は単独に使われるほか、生活に密着したさまざまな名称でも使われる。瀬戸内地方では雲雀（ひばり）東風。九州小倉地方では雨（あめ）東風。三重県志摩半島の一部では、いなだ東風。岡山県では鰆（さわら）東風などがある。

「こち」の「こ」は「小」、「ち」は「風」で、「こち」は一説に「小さな風」だとされている。春先の微風を「こち」と呼び、漢字の「東風」が生まれたようだ。

新年の東風は初東風。ちなみに夏は南風（はえ）になり、秋は高西風（たかにし）、冬は北風となる。

強東風をゆく又ひとつ借ふやし　能村登四郎

一 霞（かすみ） 一

霞と霧（きり）と靄（もや）はどう違う？

霞（かす）む　薄霞（うすがすみ）　遠霞（とおがすみ）　山霞（やまがすみ）　朝霞（あさがすみ）　昼霞（ひるがすみ）　夕霞（ゆうがすみ）　春霞（はるがすみ）　霞立（かすみた）つ　棚霞（たながすみ）

霞は春の季語だが、気象用語ではなく、文学的表現。春になると大気中の水分が増え、水滴に塵（ちり）などが混ざり、ほのかにやさしく遠くが霞んで見えるその現象を、昼間は霞という。夜の現象は、朧（おぼろ）や朧月、朧夜などの季語になる。

「霞立つ」は春の枕詞として使われてきた。「町霞む」「村霞む」「草霞む」「山霞む」「鐘霞む」など体言に付いて季語として使われることもある。また季節によって「夏霞」「冬霞」という用いられ方もする。

「霧」は秋の季語。気象用語で、水滴になった水蒸気のこと。視程が一キロ未満を指し、目の前に立ちこめて遠くまでは見通せない。「靄」も気象用語だが、水滴になった水蒸気が発生している時でも視程が一キロ以上で遠くまで見通せる場合をいう。「霧」と「靄」は現象としてまったく同じもの。水平方向で見通せる距離の違いで、言い方が違っているだけである。ただし「靄」という季語はない。

遺書書けば遠ざかる死や朝がすみ　　相馬遷子

――霾（つちふる）――　黄砂が運んでくる近年の厄介物!?

霾（ばい）　霾天（ばいてん）　霾（よな）ぐもり　黄砂（こうさ）　蒙古風（もうこかぜ）　霾風（ばいふう）　胡沙（こさ）降（ふ）る

モンゴルや中国内陸部の砂漠、黄土高原などから、大量の砂塵が偏西風に乗って韓国、台湾、日本にもやってくる。その砂ぼこりが「黄砂」である。天空を一面に覆い、中国東北部では文字通り黄砂万丈の様子になるという。

中国では近年、経済発展に伴う環境破壊の影響で、大都市を中心に有害物質PM2・5などを含む深刻な大気汚染が急速に拡大中で死者も出ている。PM2・5は粒子が小さく、空気に溶け込んでいる状態で肺の奥まで入りやすく、肺がんのほか、不整脈や心臓発作、呼吸器系の病気（ぜんそくや花粉症など）への影響も指摘されている。

これが日本や韓国にも飛来し、洗濯物などが汚れ、太陽も霞み、視界が二キロ未満になり、飛行機が欠航したりもするが、何よりも健康被害が懸念されている。気象庁は黄砂予報を発表しているが、独自の計測でPM2・5予報と黄砂情報を提供し、住民にマスクの着用などでの警戒を呼びかけている自治体もある。

華北なる風神夜も黄砂吐く　　武田禪次

一山笑ふ一　笑い、化粧し、眠るという山の変容

笑ふ山　㊰山滴る　㊙山粧ふ　㊇山眠る

春の山がいっせいに芽吹いてエネルギーに満ちあふれた明るい感じを「山笑ふ」という。絶妙の擬人化ではなかろうか。これは中国山水画史上、最も優れた山水画家とされている北宋の禅宗画家・郭熙の『林泉高致』の一節からの引用で、歳時記に取り入れられたという。

春山淡冶而如笑　　春山淡冶にして笑ふがごとく
夏山蒼翠而如滴　　夏山蒼翠として滴るがごとく
秋山明浄而如粧　　秋山明浄にして粧ふがごとく
冬山惨淡而如眠　　冬山惨淡として眠るがごとし

みずみずしい緑の夏山は「山滴る」、秋の紅葉で陣羽織を着たような山は「山粧ふ」、冬の穏やかな山は「山眠る」という季語になった。郭熙の代表作で中国山水画の傑作「早春図」は、台北の故宮博物院で見ることができる。

山笑ふ歳月人を隔てけり　　鈴木真砂女

―流氷(りゅうひょう)― 北海道に流氷がやってくる秘密

流氷期(りゅうひょうき)　氷流る(こおりながる)　流氷盤(りゅうひょうばん)　海明(うみあけ)

左の句は大正末期、山口誓子が樺太で過ごした少年時代を振り返った作品の一つ。これが注目されて以来、それまで「氷流るる」といわれていたのが、「流氷」という言葉になって定着した、と山本健吉が解説している。北海道のオホーツク沿岸は北緯四四度。その緯度は地中海と同じ。流氷が見られる世界の南限である。

水は〇度で凍るが、海水は塩分があるため、さらに低い温度にならないと凍らない。また、海では対流が起きているため、さらに凍り難い。オホーツク海に流氷ができやすいのは、ロシアのアムール川から大量の水が流れ込むためで、これにより塩分が薄まり、氷ができやすくなる。これが北海道まで約一〇〇〇キロを南下し、海岸から初めて見えた日を「流氷初日」。それが接岸した日を「流氷接岸初日」という。流氷観光砕氷船「おーろら」号などに乗って雄大な景観を楽しめる。

流氷が半分以上消えると「海明(うみあけ)」といい、消えた日を「流氷終日(しゅうじつ)」という。

流氷や宗谷の門波(となみ)荒れやまず　山口誓子

—茶摘(ちゃつみ)— 静岡の生産量が日本一になったのは明治維新のおかげ

茶摘唄(ちゃつみうた)　茶摘時(ちゃつみどき)　茶摘笠(ちゃつみがさ)　茶摘籠(ちゃつみかご)　一番茶(いちばんちゃ)　二番茶(にばんちゃ)　茶畑(ちゃばたけ)　茶山(ちゃやま)

「新茶」は夏の季語だが、「製茶」「茶揉み」などは春の季語。徳川時代、茶どころといえば宇治。将軍が飲むのは宇治茶と決まっていた。新茶の季節になると厳しい警護のもとに宇治から茶が運ばれる「茶壺道中」が仰々しく行われた。しかし、明治維新が起き、徳川幕府の数千人の幕臣たちは江戸城を明け渡し、父祖伝来の地、駿河（静岡）に下向した。仕事のない彼らは帰農を決意。牧之原台地で茶園の開墾に乗り出した。彰義隊の残党や大井川の川越人足も合流。その土壌がお茶に適していたので、静岡県の各地に茶畑が広がり宇治茶をしのぐまでになった。

ところで、上等な緑茶ほど低い温度で淹れるのには理由がある。玉露の旨みはテアニンなどのアミノ酸にあるが、これが溶け出すのが五〇度前後。それ以上熱いと渋みや苦みになるタンニンが出てしまう。上等な煎茶は七〇～九〇度がうまい。番茶やほうじ茶はタンニンやアミノ酸が少ないので熱湯がベストだ。

茶を摘むや胸のうちまでうすみどり　本宮鼎三

―花見―　外国にも花見はあるの？

お花見　花見酒　花人　桜狩　花見舟　花見客　花の宴　花筵　花の酔　観桜

人々がそわそわ浮かれだす花見の季節。名所では朝から場所取りのビニールシート（「花筵」）が敷かれる。それほど日本人が好きな花見だが、じつは中国から伝わったという。日本最初の花見の記録は、『日本後紀』によれば、嵯峨天皇が八一二年「花宴の節」を催したというものだ。以降、「花宴節」として行事になった。しばらくは貴族や武家社会の習慣で、庶民の花見が大いに盛んになったのは江戸時代から。

豊臣秀吉が一五九八（慶長三）年に催した「醍醐の花見」は、権力者の贅を尽くした花見だった。江戸の桜は吉野山からの移植が多く、上野は天海僧正らが植え、飛鳥山、小金井の桜は八代将軍吉宗が植えて庶民に開放した。現在、一般的な桜となっている染井吉野は、江戸の染井村（東京都豊島区）の植木職人たちから生まれた。

桜の下の平和な日本人のドンチャン騒ぎの風習は欧米人にも魅力的にうつるようだ。二十世紀になり、合衆国などでも桜祭りが開催されるようになっている。

悪霊を背負う独りの花見かな　　江里昭彦

—ぶらんこ— ぶらんこはどうして春の季語？

鞦韆（しゅうせん）　秋千（しゅうせん）　ふらここ　ふらここ　ふらんど　半仙戯（はんせんぎ）　ゆさぶり

鞦韆（ぶらんこ）は中国の宮廷行事から伝わったもの。蘇東坡（そとうば）の漢詩「春夜」は「春宵一刻値千金」で始まり、春の夜のすばらしさを詠んでいるが、その四連目に「鞦韆」という言葉が出てくる。中国の宮廷では寒食（かんしょく）（冬至から数えて一〇五日目で、火を断ち、煮炊きをせずに冷食する）の時に着飾った女性たちがぶらんこで遊んだ。そこから春の季語として定着したとされる。「半仙戯」は半ば仙人になった気分になることから。日本へ伝わったのは、明治時代になって富国強兵のために西洋式ぶらんこが導入されたことによる。腕力、腹筋、背筋、バランス感覚を鍛えるためのものだったという。近年の校庭からは危険だとされ、ぶらんこが消えつつあるが、小さな公園などで子どもたちが元気に漕いでいる姿は、やはりほほえましい。

左の句は五〇歳を過ぎた鷹女（たかじょ）の激しい恋の句。「鞦韆」とすることで、古来、中国の着飾った女官たちの春の遊びだった伝統を現代に引き寄せている。

鞦韆は漕ぐべし愛は奪ふべし　三橋鷹女

初午(はつうま)

初午にお稲荷さんを祀るのはなぜ？

初午参(はつうままいり)　初午祭(はつうままつり)　午(うま)の市(いち)　一(いち)の午(うま)　二(に)の午(うま)　三(さん)の午(うま)　稲荷祭(いなりまつり)　午祭(うままつり)

二月の初午の日は、京都の伏見稲荷大社（総本宮）の神が降りた日といわれ、全国の稲荷神社や祠(ほこら)で祭りが行われる。稲荷は「稲(いね)ナリ」を語源とする農業の神だ。春先から農作業に入る前にお参りし、一年の無事と、豊作を祈ったという。支社は全国に三万ともいわれ、路地の祠や屋敷神まで数えるとその数は数百万にのぼり、酉(とり)の市と同じように三の午まである。稲荷神社が祀るのはお稲荷さん、つまり狐だが、狐（ただし白狐）が稲荷の使者になっているといわれる。

狐にまつわる様々な伝説や狐塚は日本全国にあり、人々の信仰の対象となっていった。昔の人は餌の乏しい時期に狐の現れそうな場所に餌を置き、狐の持つ霊的なものに活力を与えようとしたのだという。これが初午へとつながったともいわれる。「午」は「馬」につながり、神の降臨に使われたとされる。この日は各地で「正一位稲荷大明神」の赤い幟(のぼり)が立てられ、狐の好物の油揚げや赤飯などが供えられる。

初午の祠ともりぬ雨の中　芥川龍之介

―雛祭―

雛祭はいつから始まったの？

桃の節句　雛飾り　雛人形　雛段　雛道具　雛屏風　雛御殿　雛の膳　紙雛
立雛　土雛　内裏雛　京雛　こけし雛　官女雛　五人囃し　雛の夜

古代中国では三月の最初の巳の日に、川で身を清め、不浄を払い神を祀る習慣があった。その習慣が平安貴族に取り入れられ、宮中で曲水の宴（酒杯が流れ着くまでに歌を詠む）が催されるようになった。また、この日に紙で作った人形に罪や穢れを移して、災いを転じ、川に流す「禊祓い」の風習が生まれた。これが雛祭の原型の「流し雛」である。

江戸時代になり五節句が制定されると身を清めるという意味合いは薄れた。愛玩用の美しい人形を飾り、娘の成長を祈る祭りとして一般にも定着したのは将軍・綱吉の時代だといわれる。娘の幸せを願う親心から、三人官女や五人囃子を従えた御殿に住む雛飾りが生まれた。人形職人も腕を競って豪華な雛人形が誕生した。

また、この時季に旬を迎える蛤のお吸い物は、雛祭の定番メニューだが、二枚貝の殻がぴったりと合うために、夫婦和合のシンボルとされた。

仕る手に笛もなし古雛　　松本たかし

白子干（しらすぼし）

白子、ちりめんじゃこ、小女子（こうなご）はどう違う？

しらす　ちりめんじゃこ　ちりめん　白子干す（しらすほす）

白子と、ちりめんじゃこは、いずれも鰯（いわし）類の稚魚の総称で、地方によっては「じゃこ」とまとめられることもある。呼称の違いは、製法の違いから来ている。「ちりめんじゃこ」は生のまま天日などで干したもの。「ちりめんじゃこ」と呼ばれるのは干し広げた様が白縮緬（ちりめん）に似ているからとも、乾燥でちりちりと縮むからともいわれる。「じゃこ」は「雑魚（ざこ）」のなまりで、鰯ばかりでなく白魚などの稚魚も混ざっている。したがって成長すればカタクチ鰯や、真鰯、白魚などになる。白子は同じく鰯類の稚魚を塩ゆでしてから干したもの。よく観察すると「ちりめんじゃこ」の目は澄んでいるが、白子の目は白濁している。

小女子はスズキ目イカナゴ科で、「いかなご」というのが正式名称。銀白色で、頭は細魚（さより）のように鋭くとがっている。全長五センチほどにすぎないが、すでに立派な大人。佃煮などにすることが多い。三者とも貴重なカルシウム源として食卓に上る。

白子干す低き廂（ひさし）に浪荒（すさ）び　福田蓼汀

―四月馬鹿(しがつばか／しぐわつばか)―

エイプリル、フール、どうして生まれたのか？

エイプリル・フール　万愚節(ばんぐせつ)

四月一日は嘘をついてもいい日とされ、親しい人に嘘を言って驚かせたりする。欧米ではマスコミまでが嘘のニュースを流すことも多い。その起源には諸説ある。東洋起源説では、インドの仏教徒たちから生まれたという。彼らは春分に仏教の説法をはじめ、三月三一日まで続けた。それが終わった四月一日には教えから遠のいてしまうので、この日を「揶揄(やゆ)節」とよび、人を無用な使いに走らせてからかったりしたのが始まりといわれる。これがヨーロッパに伝わったようだ。

古来、西洋では春分祭（四月一日がその最終日）が行われ贈りものを交換する風習があった。一六世紀に暦を改めて、新年を一月一日からにしたが、地方には古い風習が残り、贈りものの交換がされていたので、彼らをからかおうとして始まったのだともいう。日本に「万愚節」として伝わったのは江戸時代で、嘘を楽しむようになったのは大正時代から。由来が不明のまま不思議な風習がなお続いている。

けふよりの禁酒禁煙四月馬鹿　富永晃翠

―バレンタインデー―　なぜ二月一四日、チョコレート？

バレンタインの日　愛(あい)の日(ひ)

バレンティヌス（バレンタインは英語読み）は古代ローマ時代の司教。強兵策のために兵士の結婚が禁止されていた時代、命令に背き、結婚式を執り行ったりしていた。これが皇帝の逆鱗に触れ、バレンティヌスは二月一四日に処刑されてしまった。やがて、この日に独身男女がくじ引きでつきあう人を決めるという祭りが行われるようになったという。しかし風紀の乱れを懸念したキリスト教会は、これを廃止し、殉教者を祀ることを定め、選ばれたのがバレンティヌス。欧米にはチョコレートを贈る習慣はなく、恋人同士がカードや花などをプレゼントする日となっている。

そこに目をつけたメリーチョコレートカムパニーが、伊勢丹で初めてチョコレートのバレンタイン・セールスを行った。一九五八（昭和三三）年のことだ。翌年は「女性から男性へ」のキャッチコピーでハート形のチョコレートを売り、人気となった。今でもたった一日で大量のチョコレートを売ってしまうという驚異の大イベントだ。

バレンタインデー書き替へし住所録　上田日差子

西行忌（さいぎょうき／さいぎやうき）　芭蕉もあこがれた謎多き放浪歌人

円位忌〈一一九〇年陰暦二月一六日、歌僧西行法師の忌日〉

西行法師の俗名は佐藤義清。法名円位。文武両道に優れ、若くして鳥羽院の北面の武士となったが、すがりつく四歳の我が娘を蹴落として出家した。二三歳だった。出家の理由は高貴な女性との恋に破れたとの説もあるが、明らかではない。「願はくは花の下にて春死なむそのきさらぎの望月のころ」の歌のとおりに七三歳で入寂。それまでの五〇年間、全国を仏道と歌道のために旅した、漂泊の詩人の元祖。

六九歳のとき、東大寺再建の勧進のため二度目の奥州への旅を敢行。途中、鎌倉では源頼朝に会い、珍しい銀猫を貰ったが、すぐに子どもにあげてしまったという。『新古今和歌集』には九四首とられ、歌集に『山家集』がある。芭蕉の『奥の細道』は西行五〇〇回忌の巡礼の旅だった。幕末の志士・高杉晋作は西行に対抗したのだろう、号を東行と名乗った。現在も、岩手県中尊寺や岡山県玉野市、神奈川県大磯町鴫立庵では毎年西行祭が行われ西行ファンが集う。エピソードには事欠かない放浪歌人だ。

花あれば西行の日とおもふべし　角川源義

—利休忌— 利休は切腹せずに生きていた!?

宗易忌〈一五九一年陰暦二月二八日が茶人千利休の忌日とされていたが……〉

千利休は信長・秀吉に仕え「侘び茶」を大成するに至ったが、秀吉の怒りに触れ、自害を強いられたといわれる。利休忌には茶道各派で追善茶会が行われてきた。しかし、文教大学・中村修也教授が残された書状から定説を覆す。

利休が切腹した翌年のはずの一五九二（文禄元）年、朝鮮出兵のため九州に滞在した秀吉は、母への書状にこう書く。「……私は一段と元気です。昨日も利休の茶を飲んで、食事もすすみ、とても愉快で気分が良かった……」。切腹を命じたはずの本人が、「お茶しよう」とばかりに、利休の茶を飲んだというのだ。公家の日記『時慶記』（西洞院時慶）や『晴豊記』（勧修寺晴豊）には、利休が茶器の取引で不正に儲けたため「逐電（失踪）した」とある。また『伊達家文書』にも、「利休は行方不明であり、……」と記す。じつは、利休の切腹を裏付ける史料は何もない。

さて、利休忌はどうなるのだろう？

利休忌の白一徹の障子かな　伊藤伊那男

―三鬼忌―　京大俳句事件でスパイ行為？？？

西東忌（さいとうき）〈一九六二年四月一日、俳人西東三鬼の忌日〉

日本歯科医専を卒業し、兄のいたシンガポールに向い歯科医を開業した西東三鬼。「昼はゴルフ、熱帯の夜々、腋下に翼を生じて、乳香と没薬（もつやく）の国を遊行」（『西東三鬼全句集』年譜より）し、この体験が三鬼にボヘミアン的性癖を与えたようだ。俳句に没頭したのは三三歳から。京大俳句弾圧事件は川柳作家・鶴彬（つるあきら）の死後わずか一年後だった。「京大俳句」のリーダーだった三鬼は最後（一九四〇年八月）に逮捕され、句作、執筆を禁じられたものの、最初に出獄。そのことに疑念を抱いた作家・小堺昭三が、『密告』を執筆。三鬼が「特高のスパイ」であるという推測を、証言をもとに検証。しかし、この本は死者の名誉棄損事件に広がり、小堺は裁判で負け、「特高のスパイは憶測」という判決が出た。京大俳句弾圧事件は新興俳句弾圧事件に発展。数十人に及んだ逮捕者の多くは獄中で手記を強要された。その中では共産主義者となった過程を書かされ、結論で転向を誓わされたという。

釘買って出る百貨店西東忌　　三橋敏雄

啄木忌（たくぼくき）　啄木はなぜローマ字日記を書いた？

〈一九一二年四月一三日、詩人・歌人石川啄木の忌日〉

石川啄木は本名一（はじめ）。盛岡中学を中退し、文学による出世を夢見て上京したものの失敗。翌年帰郷。その後、明星派の早熟の天才として評価されたものの、終生職を求めて転々とする流浪生活が続いた。ひどい金銭感覚の持ち主で借金まみれのまま、二六歳で世を去る。歌集に『一握の砂』『悲しき玩具』。著作に『時代閉塞の状況』など。

ローマ字日記には「いくらかの金のあるとき、予はなんの躊躇（ためら）うこともなく、かの、淫らな声に満ちた、狭い、汚い街に行った。予は去年の秋からいままでに、およそ十三、四回も行った。そして十人ばかりの淫売婦を買った。ミツ、マサ、キヨ、ミネ、ツユ、ハナ、アキ……名を忘れたのもある」といった記述もある。「妻を愛しているからこそ……読ませたくない」と書いてある。死んだら日記を燃やせ、と指示されていた妻・節子は、「愛着があるから」と燃やさなかった。

彼の死後、金田一京助の手に渡り公開されることになった。

便所より青空見えて啄木忌　　寺山修司

蛙——「古池や」の句の蛙、いったい何匹?

かへる　初蛙　遠蛙　昼蛙　夕蛙　赤蛙　痩蛙　蛙合戦　殿様蛙　夏　蟇

蛙の交尾期は春なので、「蛙」は春の季語になっている。交尾し、産卵が終わったあとしばらく休止状態があり、これが「蛙の目借時」「目借時」という俳諧味のある季語になっている。青蛙、雨蛙、蟇は夏の季語だ。

俳句の一句といえば、誰もが芭蕉の「古池や」の句を挙げる。これほど世界中に認知されている俳句もないだろう。飛び込んだ蛙は一匹で禅的で静謐な世界、「わび」「さび」を感じるというのが、日本人の感性にフィットしたのかもしれない。

この句を詠むにあたって、上五をどうするか悩んで、弟子の宝井其角に相談したところ、彼は「山吹や」としたという。じつに新鮮な景が浮かんできて、複数の蛙が飛び込んでいくイメージになる。芭蕉は結局、「古池」にたどり着くのだが「古池や」でいったん切っているわけだから、蛙はむしろ複数でいいのではないかというのが少数派ではあるが、金子兜太の意見。小泉八雲も蛙は複数に訳している。

痩蛙まけるな一茶是にあり　一茶

囀（さえずり）——さえずりは、なぜ春の季語なのか？

さへづり

囀る（さえず）　鳥囀る（とりさえず）

鳥の鳴き声には「地鳴き」と「囀り」の二種類がある。「地鳴き」は普段の声で呼び合ったり、警戒し合ったりする声で、雌雄ともに短く単純な鳴き方だ。いっぽう「囀り」は繁殖期特有の鳴き声で、遠くまで届き、美しいものが多く、ほとんどが雄の声。雌への恋の誘いと、他の雄へのテリトリー宣言。時には浮かれて鳴くこともあるようだ。日本の鳥の大部分は春に囀るが、不如帰（ほととぎす）、郭公（かっこう）、大瑠璃（おおるり）などは夏になってから囀るので、夏の季語。さまざまな鳥が競い合うように鳴くのは「百千鳥（ももちどり）」（春の季語）という言葉で、万葉の時代から詠まれ続けている。

囀りの王者は雲雀（ひばり）で、空高く一直線に上がり、「ぴーちゅる、ぴーちゅる」と鳴きながら一直線に舞い下りる。雲雀より親しまれているのが鶯（うぐいす）だ。「ホーホケキョ」には「ここは私の縄張り！」という警告の意味もあるようだ。平地では早春からその鳴き声を聞くことができる。なお、囀りにも地方訛りがあるというから面白い。

囀りをぬけて一羽の飛びゆけり　上野章子

―燕（つばめ）― 孤独な旅人の驚くべき能力！

乙鳥（つばめ）　つばくろ　つばくら　燕来る（つばめく）　初燕（はつつばめ）　飛燕（ひえん）　玄鳥（つばめ）　夕燕（ゆうつばめ）　濡燕（ぬれつばめ）　夏燕（なつつばめ）

暖かい南の島々やオーストラリア北部で冬を過ごした燕は、はるか三〇〇〇～四〇〇〇キロもの距離を、海面スレスレに単独で日本に飛んでくる。その理由は、大型の鳥と違い、各個体の身体能力が異なることや、天敵に見つかりにくいように単独行動をとることなどがあげられている。極限まで進化した飛行能力で、太陽を目印に、島々で体を休めつつ、時速五五～六〇キロほどで、一日に五〇～三〇〇キロを飛び続けるという。

フィリピン～台湾～沖縄～鹿児島へと渡り、育った地形を覚えているらしく、古巣を忘れずに帰って来る。そして一シーズンに二度、時には三度、雌雄共同で子育てをする。その様子はじつにけなげだ。奄美大島以南には琉球燕が、九州以北には岩燕・腰赤燕が、北海道には小洞燕（しょうどう）が飛来する。稲などの害虫を捕まえたり、天敵をかわすときには、じつに時速二〇〇キロ近いスピードで飛ぶという。

絶海の孤島に浮力つばめ来る　桑原三郎

鳥(とり)の卵(たまご)

鳥類の卵が楕円形なのは？

鳥(とり)の巣(す)　抱卵期(ほうらんき)　小鳥(ことり)の巣(す)　巣組(すぐ)み　巣籠(すごもり)　巣隠(すがくれ)　巣鳥(すどり)　古巣(ふるす)　巣箱(すばこ)

春になって「囀り」ながら「鳥の恋」「鳥交(さか)る」を経て、「古巣」をそのままにして、新しく巣を作る。そして、産卵、抱卵し、巣立ちまで雛を育てる。雉(きじ)や鴨は地上で、多くは樹上に営巣し、産卵する。魚や海亀などの卵の形は丸いのに、鳥類の卵は片側は鈍角でもう一方は鋭角という、少しいびつな楕円形。

それには、いくつかの理由がある。球形であれば、転がり始めると、どこまでも転がってしまうが、楕円形であれば、同じ場所へ戻ってくる軌道を描くため、巣から落ちにくくなるために進化したといわれる。また、卵を並べたとき、球形より楕円形の方が隙間が少ないため、巣のスペースを効率よく使える。卵を産む場所には、抜けた鳥の羽毛や獣毛などが敷き詰められる。産卵時にも、いびつな楕円形は産みやすいようだ。結局、総合的にみると楕円形が最良の形になっている。その巣は丸い巧緻なものをよく見かけるのだが……。

かなしみは背後より来る抱卵期　佐藤鬼房

―桜鯛(さくらだい)―
さくらだひ

「腐っても鯛」、腐った鯛は食べられる?

花見鯛(はなみだい)　乗込鯛(のっこみだい)　鯛網(たいあみ)　夏黒鯛(なつくろだい)　石鯛(いしだい)

桜の咲く頃、産卵のために内海や沿岸に集まり、産卵を迎えて赤味を帯びることから、この時期の真鯛を「桜鯛」と呼ぶ。明石海峡や鳴門海峡の激しい潮流を乗り切り、瀬戸内海にその群れが入る。とくに明石鯛の味は最上級である。鯛は長生きで四〇年も生きる種もいて、多産でもある。

「腐っても鯛」という言葉があるが、いくらなんでも腐ったものは食べられないだろうと思っている人が多いだろう。だが、鯛は少々傷んでいても大丈夫。なぜなら近海としては深いところにすみ、大きな水圧を受けていて、肉の細胞の外膜がかなり丈夫にできているから。さらに、肉質中に水分が少ないため、細菌がついても、なかなか腐らない。少々傷んでいてもよく水洗いをして火を通せば、焼き物、煮物として十分に食べられる。目玉は大変な御馳走。骨も捨てずに、焼いてお椀に入れ、熱湯を注ぎ柚子などを加え、「骨湯」に。丸ごとおいしく味わいたい。

桜鯛瀬戸海流に峡いくつ　鷹羽狩行

鰊（にしん）——漁獲量は最盛期の一〇〇分の一に

鯡（にしん）　鰊舟（にしんぶね）　鰊曇（にしんぐもり）　鰊群来（にしんくき）　鰊場（にしんば）　春告魚（にしん）　初鰊（はつにしん）　鰊釜（にしんがま）　高麗鰯（こうらいいわし）

鰊は寒流性の回遊魚。全長約三〇センチ。真鰯より大きいが体側に黒点がない。北太平洋に広く分布し、沖合を回遊。春季、産卵のために群れをなして北海道の西岸に寄って来る。海面がその精液と卵などで乳白色に変ったという。これが「鰊群来」である。江戸時代、米のとれない松前藩は、年貢代わりに鰊を納めていたほどだ。そこから生まれた漢字が鯡（にしん）、すなわち「魚に非ず、米の代わり」というもの。

最盛期（一八九七年）には年間一〇〇万トン近くの漁獲高を誇り、漁村には「鰊御殿」が建ち並ぶほど栄えた。その様子は民謡「ソーラン節」にも歌われている。ところが、乱獲のせいか、海流が変わったのか、昭和に入ってから漁獲量は減少の一途をたどった。二〇〇海里問題もあり、平成になると、一万トンを切ってしまい、その様子は「石狩挽歌」に歌われている。正月料理に欠かせない数の子（鰊の卵巣）は希少で、「黄色いダイヤ」と呼ばれたこともある。

鰊曇てふオホーツク鰊来ず　石垣軒風子

―白魚（しらうお）―

白魚とシロウオは同じ？

しらを　白魚網（しらうおあみ）　白魚舟（しらうおぶね）　白魚鍋（しらうおなべ）　白魚汁（しらうおじる）　白魚汲（しらうおく）む　白魚和（しらうおあえ）

白魚とシロウオ（素魚）と白子（Ｐ25参照）は、いずれも白くて半透明で混同されやすいが、それぞれまったく別物である。

白魚はサケ目シラウオ科の魚で、体長は約一〇センチでほとんど透明に近く、腸まで透けて見え、黒点のような目玉が鮮やか。鮭や鱒の親戚にあたり、茹でると真っ白になるので、この名がついたという。いっぽうシロウオ（素魚）はスズキ目ハゼ科に属し、体長は五センチくらいで白魚よりも小さい。細長い体に赤い小さな斑点があり、色は淡黄色で透明。ハゼ類独特の吸盤状の腹ビレを持つ。

かつて隅田川の白魚網の篝火は有名で、河竹黙阿弥の『三人吉三廓初買（さんにんきちさくるわのはつがい）』の七五調の名セリフ「月もおぼろに白魚の、篝もかすむ春の空……」は余りにも有名。春先、泥の河口をさかのぼって産卵するが、澄まし汁をはじめとして、茹でる、蒸す、揚げるなど、その淡白さが好まれ、調理方法は多い。

白魚を食べて明るき声を出す　　鍵和田秞子

一鱒(ます)一　鱒は正体不明の魚!?

本鱒(ほんます)　桜鱒(さくらます)　海鱒(うみます)　紅鱒(べにます)　虹鱒(にじます)　姫鱒(ひめます)　川鱒(かわます)　鱒上(ますのぼ)る　鱒釣(ますつ)り　鱒池(ますいけ)

「鱒」はサケ目サケ科の魚類のうち鱒と名のつく魚の総称。多くは桜鱒をいうが、これは本鱒、真鱒とも呼ばれる。桜鱒が川に上ったものを川鱒と呼ぶ地域もあるが、他の鱒を川鱒と呼ぶこともある。桜鱒の河川型は山女(やまめ)と呼ばれる。また、鱒釣り、鱒鮨(富山の郷土料理)という場合には桜鱒をさすことも。紅鱒を紅鮭と呼ぶこともあり、この河川型が姫鱒である。

鮭と鱒には明確な区分はなく、両者は海と淡水の両方を生活圏としているため、同じ種類なのに「河川に残る個体＝陸封型」と「海に降(くだ)る個体＝降海型」がいる。また、通常は降海しないものも、環境に応じて海に降りたりする。その適応力により生き延びてきたともいえるのだが……。

簡潔に説明することが難しいのが「サケ科」の魚。そのため釣り人や、漁業関係者の間でも混乱は続く。

鱒群れて水にさからふ紅させり　山上樹実雄

一 蛤（はまぐり） 一 蛤が夫婦和合のシンボルなのは、なぜ？

蛤鍋（はまなべ）　蒸蛤（むしはまぐり）　焼蛤（やきはまぐり）　酢蛤（すはまぐり）　大蛤（おおはまぐり）　蛤掘る（はまぐりほる）　蛤舌出す（はまぐりしただす）　蛤つゆ（はまつゆ）

　蛤は貝塚からも出土されるほど、古くから全国的な食べ物だった。色も形も風味もよく、蛤鍋、蒸蛤、蛤つゆ、寿司の種として愛され、桑名の焼蛤は名物である。

平安時代には、殻の内側に絵を描いて遊ぶ「貝合わせ」が盛んだった。その後、雛の節句にも用いられてきたが、婚礼の時に蛤の潮汁（うしお）を作るようになったのは八代将軍・吉宗からだという。「婚礼に蛤の吸物は、享保中名君の定め置給ふよし。俗に蛤は数百千を集めても、外の貝等に合ざるものゆゑ、婚礼を祝するに、是程めでたき物なし、夫れ故の御定めなり、……」（志賀忍『三省録』）とある。対になった殻以外にピタリと合う殻がないために、古来、夫婦和合の象徴とされてきた。

　しかし残念なことに、干拓、埋立て、護岸工事などによって、東京湾、伊勢湾、有明海の三大産地をはじめ、全国にあった漁場が壊滅的な打撃を受けてしまった。夫婦和合のシンボルの行方はいかに!?

南（みんなみ）に海蛤のすまし汁　　大野林火

寄居虫（やどかり）

寄居虫の引っ越し事情

がうな　ごうな　本（ほん）やどかり　おにやどり　寄居虫売（やどかりうり）

寄居虫は一対のハサミを持ち、空（から）の巻き貝などに宿を借りて生息する、甲殻類の節足動物。からだが大きくなり貝が狭くなると、新居の空き家へ越してゆくためこの名がある。体はやわらかく、動きは鈍く、外敵に狙われたらどうしようもないので、危険を察知すると貝殻にすっぽりと身を隠す。干潮の時には岩陰などに隠れていて、潮が満ちて来ると、小魚や海草を食べに動き出す。死んだ魚なども食べるという。潮干狩りの時などに、浜辺を走り去る少し滑稽な姿に出会うことができる。

引っ越す際、殻からノコノコ出ていくのは危険なので、まず、新しい空き家の巻き貝を見つけると足やハサミで引き寄せる。自身のハサミを、その開口部に当て、コンパスを使うようにして念入りに測定し、ぴったりの大きさのものを探す。中の小石や砂利を掃除した後、ハサミで貝殻の縁をつかんで、するりと尻から入りこむ。中にはサイズが小さすぎてあたふた元に戻る、おっちょこちょいもいるという。

やどかりと貝の別れやあつけなし　竹岡一郎

―蝶(ちょう/てふ)― 蝶はどのようにして造花と本物の花を見分ける？

蝶々(ちょうちょう)　胡蝶(こちょう)　蝶生る(ちょううまる)　初蝶(はつちょう)　白蝶(しろちょう)　黄蝶(きちょう)　紋白蝶(もんしろちょう)　紋黄蝶(もんきちょう)　蜆蝶(しじみちょう)　蝶の昼(ちょうのひる)

不思議なことに、蝶は『万葉集』では詠まれておらず、『古今集』から登場。春の季語だが、「揚羽蝶」「孔雀蝶」など大型のものは夏の季語になる。

ある実験によると、香りも蜜もない造花を作っておいておくと、そこに蝶は寄っては来るものの、止まることはないという。つまり、蝶は視覚で花を見つけていることが判る。また、蜜をしみ込ませた綿をおいてもほとんど蝶は集まらないことから、嗅覚がさほど鋭くないことが判る。蝶は視覚で花を見つけてはいるが、目はさほど精巧ではなく、「花のようなもの」を探して近づき、嗅覚を働かせて蜜を確かめる。それでもわからない時は、足で花びらに触れて本物かどうかを確かめているそうだ。

春先に飛び始める紋白蝶は、菜の花やキャベツなどのアブラナ科の葉に卵を産みつける。アブラナ科の植物に含まれている、カラシ油という空中に漂っている揮発性の成分に嗅覚を刺激されて寄っていくのだという。

方丈の大庇より春の蝶　　高野素十

蜂(はち)

蜜蜂の働き方と労働環境は？

足長蜂(あしながばち)　熊蜂(くまばち)　蜜蜂(みつばち)　地蜂(じばち)　花蜂(はなばち)　女王蜂(じょおうばち)　雀蜂(すずめばち)　働き蜂(はたらばち)　蜂の子(はちのこ)　蜂の巣(はちのす)

蜂は世界に約一〇万種いるといわれる。その生態もさまざまだが、日本でよく見かけるのは蜜蜂、足長蜂、雀蜂、熊蜂などだ。春の田園に似合うのは蜜蜂だが、約五〇〇〇〜二万匹で一つの集団を作る。そこで一匹の産卵能力を持つ女王蜂、働かない少しの雄蜂、きわめて多数の働き蜂（すべて雌）が整然とした社会を作っている。

働き蜂には、外で蜜を集めるいわば「外回り」の蜂と、巣の中で巣作りや子育てに勤しむ、いわば「内勤」の蜂がいて、若い者が「内勤」に、年配が危険を伴う「外回り」に当たるという。そのことで集団が保たれるしくみらしい。昆虫社会学者の坂上昭一らの研究によると、本当に仕事をしている働き蜂は全体の五三・三％。「寅さん」的な雌蜂も多いということか。さらに一日の実働時間は六・六八時間だという。働き蜂がこれしか働かなくて済むのは、数が多いからで、公務員より一日の労働時間は短いものの、土日祝日はない。しかし、もちろん過労死などとは無縁の社会だ。

蜂飛んで野葡萄(のぶだう)多き径(こみち)かな　寺田寅彦

―梅―

「梅に鶯」って本当?

白梅　紅梅　春告草　豊後梅　臥竜梅　青竜梅　残月梅　飛梅　盆梅　枝垂梅　梅が香
梅林　観梅　梅二月　梅園　梅の宿　梅月夜　梅一輪　梅一枝　梅便り　梅見

『万葉集』で「花」といえば梅の花のこと。百花に先駆けて、寒気の中、凛とした香気を放って、気高く咲く。中国原産で、奈良時代に遣唐使によって白梅が運ばれ、花と言えば梅を指すほどに愛された。『万葉集』では「うめ」といわれ、萩の一四〇首に次いで一一九首詠まれている。梅の別名には「鶯宿梅」や「春告草」があり、いっぽう鶯の別名は「春告鳥」。この両者はいわゆる〝絵になる構図〟として盛んに詠まれた。鶯が梅に止まることもままあるが、特に好んでいるわけではない。鶯の初鳴きの頃に多く咲いている花が梅だということのようだ。

「探梅」に出掛ける、といえば冬の季語。立春が過ぎると「観梅」として春の季語になる。また、同じ梅の文字が使われても「黄梅」(迎春花・金梅)は梅ではなくモクセイ科の低木。「蠟梅」はロウバイ科の落葉低木で、冬の季語である。

梅一輪一輪ほどの暖かさ　嵐雪

桜（さくら）――「花」といえば「桜」となったのは、いつから？

里桜（さとざくら）　山桜（やまざくら）　夕桜（ゆうざくら）　夜桜（よざくら）　桜月夜（さくらづきよ）　朝桜（あさざくら）　深山桜（みやまざくら）　大島桜（おおしまざくら）　牡丹桜（ぼたんざくら）　大山桜（おおやまざくら）
犬桜（いぬざくら）　庭桜（にわざくら）　家桜（いえざくら）　金剛桜（こんごうざくら）　嶺桜（みねざくら）　桜花（さくらばな）　若桜（わかざくら）　姥桜（うばざくら）　門桜（かどざくら）

奈良時代までは、「花」といえば梅の花が代表だった。しかし『古今和歌集』になると、桜の歌が百余首あるのに、梅は二〇首に達していない。また、『新古今和歌集』では梅の約四倍、桜が詠われるようになる。西行の「願はくは花の下にて春死なむそのきさらぎの望月のころ」は、人口に膾炙（かいしゃ）した名歌だ。

平安時代に、それまで御所の紫宸殿（ししんでん）にあった梅の木に代えて桜が植えられた。これが有名な「左近の桜」。梅は桜に、その場と地位（？）を奪われてしまった。また、梅をもてはやしたのは、中国びいきの一部の貴族階級だった。いっぽう、梅以前に庶民の心を捉えていた山桜が、詩歌の世界でもたちまち主役となったようだ。俳句では、日花といえば現在「桜」のことを指し、その傍題も多数ある。桜は武士道をはじめ、日本人の独特の無常感とも結びつき、今後も様々に詠み継がれていくことだろう。

散る桜残る桜も散る桜　　良寛

―ライラック―　リラ冷えの街で「リラ冷え」の誕生

リラ　リラの花　リラ冷え（び）　紫丁香花（むらさきはしどい）　リラ匂（にお）う　リラの夜（よる）

ライラック（lilac）は、モクセイ科の落葉低木でヨーロッパ原産。和名の「紫丁香花（むらさきはしどい）」のごとく、薄紫や白い花を咲かせ、馥郁（ふくいく）たる香を放つ。フランス語ではリラ（lilas）という。一八八九（明治二二）年に、北星女学校（現・北星学園）の創始者、サラ・クララ・スミスがアメリカから持ち込んだとされる。左の榛谷（はんがい）の俳句を気に入った作家・渡辺淳一が札幌を舞台に、小説『リラ冷えの街』（一九七一年刊）を出版したことで、「リラ冷え」という言葉が一般に広まった。

札幌市の木に指定され、毎年五月中旬にはライラックまつりが行われている。札幌では、ライラックが咲く五〜六月頃に、季節が逆戻りしたかのように寒い日が数日続くが、それを「リラ冷え」と呼んでいる。ちょうど本州の梅雨の時期に重なる。俳句と小説のコラボで生まれた美しい言葉。最初に詠んだ榛谷美枝子を知らなくても、札幌市民や俳人は、リラ冷えという言葉に愛着がある。

リラ冷えや睡眠剤はまだ効きて　榛谷美枝子

―夏蜜柑(なつみかん)―　夏蜜柑なのに春の季語？

夏橙(なつだいだい)　夏柑(なつかん)　甘夏(あまなつ)　㊂蜜柑(みかん)

名前に夏と入っていながら、夏には店先にない夏蜜柑。かつては夏橙と呼ばれ、夏の果物だった。初夏に香りの強い白い花を咲かせ、秋に実るものの、余りに酸味と苦みが強いので、そのままでは食べられず、酢の代用品などに使われてきた。その夏橙が実をつけたまま冬を越し、初夏になると酸味が和らいで蜜柑のように美味しく食べられるようになったことから、夏蜜柑と呼ばれていた。

せっかく熟した実を半年以上も待っているのは不経済。栽培技術や品種改良も進み、酸味を抑えて、収穫時期が早まって春の果物として定着した。夏を待たずに十分に甘い夏蜜柑ができ、出荷時期も二月から五月ごろが旬になっている。

「春蜜柑」も季語だが、これは春に出回る蜜柑の総称。その代表の温州蜜柑は一二月には収穫され、貯蔵されたものが出回る。続いて、伊予柑(いよかん)、八朔(はっさく)、ネーブル、夏蜜柑などが次々に店頭を賑わしている。

夏みかん酸つぱしいまさら純潔など　　鈴木しづ子

―花粉症(かふんしょう)―　花粉症の起こるメカニズム

杉(すぎ)の花(はな)　杉花粉(すぎかふん)　花粉熱(かふんねつ)

毎年二月ごろから、アレルギー持ちにはなんとも悩ましい日々が到来する。花粉症の原因となる花粉の種類は、日本では杉のほか、檜(ひのき)、イネ科のカモガヤ、チモシー、キク科の蓬(よもぎ)やぶたくさなど六〇種類以上におよぶ。冬は花粉の飛ぶ量が少ないものの、一年中飛んでいる。

花粉（抗原）を吸い込みつづけていると体内に抗体ができてしまう。本来なら人体を守ろうとする免疫反応なのだが、一度体内にできた抗体は、抗原である花粉を感知するや否や、くしゃみ、鼻水、鼻づまり、目のかゆみから、高熱や頭痛などの症状まで引き起こす。杉花粉の大量飛散に加え、大気汚染やストレスなどから患者が年々増えている。今や国民の四人に一人が罹患し、文明病ともいわれ、ペットまでが悩まされている。花粉などの原因との接触を断つことがもっとも効果的な対策だ。戦後の復興のための杉の植林が行なわれなかった沖縄で過ごす知人もいる。

平成の杉の花粉の乱なりし　加藤静夫

一竹の秋（たけのあき）一　「竹の秋」は春の季語という不思議

竹秋（ちくしゅう）　竹の秋風（たけのあきかぜ）

陰暦の三月を「竹秋」ともいう。植物は普通、春に芽吹いて、秋に葉を落とすが、竹は独特のサイクルを持ち、山々に新緑の萌え立つ春に、地中の竹の子に養分を取られて黄葉（こうよう）し、葉を落とす。「竹の秋」という季語の誕生である。この後、竹はどんどんと生長し、そのピークが陰暦の八月にあたり、みずみずしい新しい竹が生まれる。これを「竹の春」「竹春」といい、秋の季語になっている。

一般に食用となる筍は、孟宗竹、淡竹（はちく）、苦竹（まだけ）など。中でも孟宗竹が最も早く、肉厚で柔らかい。筍を掘ったあとはその竹落葉を埋めておく。落葉に栄養素がたっぷり含まれていて、いい堆肥になり、翌年の筍がよく育つ。筍は夏の季語だが、「たかんな」「竹の皮脱ぐ」「若竹」「竹落葉」「竹植う」「竹の花」「筍飯」「鞍馬の竹伐（たけきり）」「竹の若葉」などの傍題が夏に集中している。「竹秋」に似た季語に「麦秋」があるが、麦の収穫期が夏なので、これは夏の季語である。

夕方や吹くともなしに竹の秋　　永井荷風

―レタス―　重いレタスと軽いレタス、どっちが美味？

サラダ菜(な)　萵苣(ちしゃ)　ちさ　掻(かき)ぢしゃ　玉(たま)ぢしゃ　立萵苣(たちぢしゃ)　萵苣畑(ちしゃばたけ)

レタスは紀元前より地中海沿岸、西アジアなどで栽培され、和名をチシャ（萵苣・ちさ）といった。日本でも古くから掻き萵苣が利用され、一六九七（元禄一〇）年の『農業全書』には栽培方法や品種、調理法などが記されているという。レタスといわれる玉ぢしゃは、第二次大戦後にアメリカから輸入され、急速に普及し、需要も多い。冷涼な気候を好み、長野県や群馬県の山麓の高原レタスが夏に多く出回る。

白菜やキャベツは、重い方が巻きがしっかりしていておいしい。だが、同じ葉ものでもレタスは軽い方が美味とされる。重いものは育ち過ぎていて、葉が固くなり、栄養もぬけ、水っぽい。軽い方が味も栄養も確かなのだ。新鮮なレタスの切り口からは白い乳状の液体が出るが、レタスの語源はラテン語で「牛乳」という意の語 *Lac* であり、和名のチシャも「乳草(ちちくさ)」の略で、どちらもこの液体から名付けられたという。「ちさ」は小さいの略で、小さく縮れることから来ているという説もある。

萵苣噛むや左遷せらるる謂れなし　細川加賀

―菠薐草(ほうれんそう)―　ホウレン草の原産地は？

法蓮草(ほうれんそう)　鳳蓮草(ほうれんそう)

ホウレン草には、日本ホウレン草と西洋ホウレン草の二種類がある。どちらも秋に種をまき、冬から収穫できるが、寒さを越えることでうま味が増す。ミネラルとビタミン類がたっぷり。日本ホウレン草は東洋種とも呼ばれ、葉に切り込みがあり、根元が赤い。西洋ホウレン草は西洋種とも呼ばれ、葉が大きく丸みを帯びる。

ホウレン草は「菠薐草」と書く。菠薐とは唐代の「菠薐（ホリン）国」のことで、ペルシア地域を指す。西洋産でも、東洋産でもなく、じつはペルシア生まれだ。東アジアへはシルクロードを通って、中国には七世紀ごろ、日本へは江戸初期の一七世紀に東洋種が入り、一九世紀に西洋種が入ってきた。世界における生産量は中国が八割以上を占め、圧倒的だが、日本はアメリカに次いで世界第三位の生産量をほこる。七〇年代から品種改良が進み、東洋種と西洋種を掛け合わせたものが主流になって、店頭にはほぼ一年中出回ってはいるが、かつての東洋種の甘みを懐かしがる人も……。

不可もなし可もなし菠薐草甘し　　星野麥丘人

―アスパラガス―　グリーンアスパラとホワイトアスパラは違う？

オランダ雉隠し　西洋独活　松葉独活　刀石柏

アスパラガスはユリ科の多年草で、日本では大正末期から栽培されている。和洋中いずれの料理にも使える。かつてホワイトアスパラは缶詰しか出回っておらず、これをグリーンアスパラの皮をむいたものと思っている人もいるが、もちろん間違い。アスパラガスは一種類で、その栽培方法が違うだけ。

種を育苗鉢などで一年間育て、畑に移植してさらに一年、株を育てる。収穫までの時間は長くかかるが、一度植えると、一〇年ほどは毎年、収穫できるのが便利。グリーンアスパラは春に発芽したものをそのまま日に当てて育て、三〇センチぐらいで収穫。いっぽう、ホワイトアスパラは芽が出る前にすっぽりと土をかぶせ日に当てない。葉緑素がないので白いアスパラになる。柔らかい食感でほんのりとした甘みがある。いまではスーパーの店頭にも並んでいる。皮をむいたら茹でずに直焼きにしても味が凝縮しておいしくいただける。

幸福にアスパラガスを茹で零す　倉田素香

山葵(わさび)——「本わさび」と「生わさび」はどこが違う?

白山葵(しろわさび)　青茎山葵(あおくきわさび)　赤茎山葵(あかくきわさび)　葉山葵(はわさび)　山葵田(わさびだ)　山葵沢(わさびさわ)　畑山葵(はたけわさび)

山葵は日本原産の香辛料。平安時代の文献にすでに登場しているが、最初に栽培されたのは静岡市の有東木(うとうぎ)といわれている。家康に献上したところ感激し、門外不出の作物にしたという。本わさびは年間の水温が一三〜一六℃で、清冽な水を好み、日差しを遮る落葉樹に囲まれ、二度の冬を越して育つ。それゆえ生育も難しく、産地も安曇野(あずみの)などに限られ高価なものなので、使用する寿司店も限られる。とくに青茎山葵、赤茎山葵が優良品とされている。

スーパーなどに出回っている「生わさび」とは、「本わさび」と「西洋わさび」がミックスされたもの。西洋わさびはヨーロッパ原産のわさびで、本わさびより辛みは強く、価格もリーズナブル。また、表示に「本わさび入り」とあるものは、本わさびの使用率が五〇パーセント未満。「本わさび使用」と表記してよいものは、本わさびの使用率が五〇パーセント以上となる。

おもしろうわさびに咽(むせ)ぶ泪かな　召波

一 菫（すみれ） 一　三色菫は惚れ薬？

香菫（かおりすみれ）　相撲取草（すもうとりぐさ）　相撲花（すもうばな）　菫草（すみれぐさ）　菫野（すみれの）　菫摘（すみれつ）む　壺菫（つぼすみれ）　初菫（はつすみれ）　花菫（はなすみれ）　パンジー

「すみれ」は、横から見た花の形が大工道具の「墨入れ」（墨壺）に似ているところから名づけられたという。日当たりのよい野原に自生している。種類が多く、花びらがうつむきがちに咲く可憐な姿が、多くの人に愛される。

「三色菫（パンジー）」はヨーロッパ原産。「天使が三回キスをしたから三色になった」という言い伝えもある。パンジーは、花言葉（フランス語のパンセ "pensée" ＝物思い）と関連付けられている。シェイクスピアの作品では三色菫がたびたび登場する。『ハムレット』に登場するオフィーリアが口にする台詞 "There's pansies, that's for thoughts"「これはパンジー、物思いの徴（しるし）」は有名な台詞。また、『真夏の夜の夢』では、惚れ薬として登場。「パンジーの花から絞り取った花の汁をふりかけると、目覚めて最初に見た男性を好きになる」という逸話があるからだ。これをかける相手を間違えて芝居は盛り上がっていく。

菫程な小さき人に生れたし　　夏目漱石

苜蓿（うまごやし）　四つ葉のクローバーが幸運を呼ぶようになったわけ

苜蓿（もくしゅく）　クローバー　白詰草（しろつめくさ）　オランダげんげ

飼料として馬に与えると肥えるということから、うまごやし（馬肥し）という和名がつき、苜蓿と使われるようになったようだ。現代ではクローバーという名のほうが一般的だ。マメ科の植物で、その根にある根粒菌の力で、窒素分が少ないやせた土地でもよく生育する。土地を肥沃にするのみならず、牧草としても利用され、タンパク質やアミノ酸の含有量も高く、家畜のいい飼料になる。

さて、クローバーはヨーロッパでは昔から神聖な植物とされてきた。アイルランドの使徒・聖パトリックは、キリスト教の根本である「三位一体」の教えをクローバーを使って説いた。三位は神の実体であるという教えに基づき、クローバーは「愛」「希望」「信仰」のシンボルとなっていた。四つ葉のクローバーは十字架にも似ていて、イブがエデンの園から追放される時に秘かに持って出たという伝説もあり、四枚目は世界中で「幸福」のシンボルとされている。

ある径のある廃園のうまごやし　　渡辺白泉

一蒲公英(たんぽぽ)一　たんぽぽの語源は?

たんぽぽ　鼓草(つづみぐさ)　藤菜(ふじな)　白花(しろばな)たんぽぽ　西洋(せいよう)たんぽぽ　食用(しょくよう)たんぽぽ　蒲公英(たんぽぽ)の絮(わた)

『万葉集』以降、江戸期まで不思議なことに詩歌に詠まれていない「たんぽぽ」。古名を「藤菜」「たな」といい、若菜を食用にしたという。西日本には白、クリーム色の花が多かった。花から根まで食べられ、胃腸を丈夫にする成分が含まれているという。別名は「鼓草」。花が終わって実になると、白い放射状の絮(わた)に包まれる。その形を稽古用の槍の頭に付ける「たんぽ」(綿を丸めて革や布で包んだもの)に見たてて「たんぽ穂」が「たんぽぽ」になったという説が一般的だ。また鼓を叩いた音「たん、ぽん、ぽん」「たん、ぽぽ」などの幼児語からその名がついたという説も。

日本にはもともと在来種しかなかったが、近年はほとんどが西洋たんぽぽ。花の付け根が反り返っていれば西洋たんぽぽで、花を包むようになっていれば希少な在来種だ。その絮には一株当たり四〇〇の種があり、風速一〇メートルの風に乗ると一〇キロ先まで飛んでいくという。

たんぽぽのぽぽのあたりが火事ですよ　坪内稔典

―蕗(ふき)の薹(とう)―　蕗の薹は蕗にはならない！

蕗(ふき)の芽(め)　蕗(ふき)の花(はな)　蕗(ふき)のしゅうとめ　蕗(ふき)のじい　春(はる)の蕗(ふき)

蕗の薹は、まだ雪の消え残る早春の山野に真っ先に薄緑色の顔を出す。まるで春の到来を告げる愛らしい使者のように。これを摘んで、てんぷらや蕗味噌にする。その苦みや土の香りが早春の風味である。

蕗の薹が生長してやがて蕗になると思っている人も多いが、それは違う。蕗の薹は花芽なので雄花と雌花を咲かせる。雌花には糸状のめしべがたくさんあり、雄花にはない。一方、雄花は黄色い花粉を持っていて、黄色っぽく見える。野生では雌雄はほぼ同量だという。味や食感の違いはない。この花芽が伸びて開き切り、ほうけたものを「蕗のしゅうとめ」「蕗のじい」という。

蕗の薹の根元を掘るとすぐに地下茎がある。地下茎が縦横に伸びて、あちこちの地面から葉柄が顔を出す。生長過程で柔らかな柄の「春の蕗」となり、夏には大きな葉を持った蕗となり、その柄が食卓を飾ることとなる。

襲(かさ)ねたる紫解かず蕗の薹　　後藤夜半

一若布一　若布と昆布の違いは？

和布　新若布　若布刈　若布刈舟　若布干す　にぎめ　若布汁　めかぶとろろ　若布売　夏荒布

「若布」と「昆布」、二つはまったく別物だ。若布は褐藻類アイヌワカメ科。昆布は褐藻類コンブ科。若布は食用の海藻としてなじみ深く、養殖も盛んで日本の特産品。冬から春に生育し、夏には枯れてしまう一年生海藻。全国の近海で採れ、干すと黒みを帯びる。肉厚の鳴門若布や、長さが二メートルにもなる三陸の南部若布が有名。若布には昆布のようなヌルヌル感が少なく、春から初夏にかけ、基底部に「めかぶ」と呼ばれる耳状の胞子葉ができる。

いっぽう、昆布は長さが二〜三メートルに達し、その産地は主に北海道や三陸海岸沖で、価格も栄養価も若布よりずっと高い。若布にはアルギン酸（多糖類の一種）が多く、昆布にはグルタミン酸（アミノ酸の一種）が多い。七月から九月が昆布刈りの季節である。「昆布」「昆布刈」「昆布船」「昆布干す」などは夏の季語になっている。利尻や羅臼昆布などが有名。なお「干昆布」では季語にはならないので注意。

みちのくの淋代の浜若布寄す　山口青邨

一海苔一　生海苔を楽しんでいるのは日本人だけ!?

生海苔　海苔掻く　海苔粗朶　焼海苔　流れ海苔　岩海苔　海苔簀　甘海苔　浅草海苔

海苔は、浅瀬に立てた細い棒の粗朶で育つ。日本の太平洋側、瀬戸内海や九州で養殖されている。その海藻を漉いて紙状に乾燥させる。パリパリとした食感と風味が特徴で、おにぎり、巻き寿司、ふりかけなど日本の食卓には欠かせない。

海苔をよく見ると、光沢のある面と、光沢のない少しデコボコした面がある。このデコボコした方が裏になる。採集された海苔はよく洗って刻み、どろどろの状態にしたものを簀に流し込んで日光に当てて乾燥させる。長時間日光に当てるとデコボコができ、光沢が出ない。表は軽く干して仕上げるので、光沢がある。

二〇一〇年にフランスの微生物研究チームが「生海苔を消化できるのは日本人だけ。生海苔の細胞壁を分解できる腸内細菌は日本人のみが持つ」という研究結果を発表した。しかし、その後他国の人からも同様の分解酵素が見つかったという発表もあり、正確さを欠くようだ。いずれにしても生海苔の食感を楽しめる国はほとんどない!?

海苔粗朶にこまやかな浪ゆきわたり　下田実花

夏

わが朱夏の詩は水のごと光るべし　　酒井弘司

夏は朱夏、炎帝、炎夏、三夏、九夏（夏の九〇日間）の呼び方がある。
三夏は初夏・仲夏・晩夏で、次のように区切られる。

・初夏　立夏（五月六日頃）から芒種（六月五日頃）前日まで。
・仲夏　芒種（六月五日頃）から小暑（七月七日頃）前日まで。
・晩夏　小暑（七月七日頃）から立秋（八月七日頃）前日まで。

二四節気（太陽の動きを二四等分したもの。それぞれの間は約一五日）

・立夏（五月六日頃）　暦の上ではこの日から夏。北日本で桜が満開に。
・小満（五月二一日頃）　万物がしだいに満ちて、草木が一応の大きさに。
・芒種（ぼうしゅ）（六月五日頃）　芒（のぎ）のある穀物の種をまく。田植え、梅雨がはじまる。
・夏至（六月二一日頃）　北半球では一年の中で昼間がいちばん長い。
・小暑（七月七日頃）　梅雨が明ける頃で、暑さが本格的になってくる。
・大暑（七月二三日頃）　暑さが最も厳しく、豪快な雷雨もある夏の絶頂期。

雲の峰(くものみね)　雲の峰って何？

峰雲(みねぐも)　入道雲(にゅうどうぐも)　積乱雲(せきらんうん)　雷雲(らいうん)　峰(みね)なす雲(くも)　坂東太郎(ばんどうたろう)　丹波太郎(たんばたろう)

「雲の峰」というのは入道雲、つまり積乱雲のこと。この言葉には積乱雲の雄大さと神秘的なニュアンスが込められている。高さは一万メートルを超えるものもある。

もともとは陶淵明(とうえんめい)の漢詩の一節「夏雲奇峰多し」から作り出され、いろいろな呼び方がある。江戸時代の方言になるが、利根川に現れる雲の峰を「坂東太郎」という。同時に「坂東(関東)の最大の川」という意味で利根川そのもののこともいう。人の名でよばれている雲は入道雲しかない。利根川の流れる群馬県近辺は、昔から雷が多いことで有名だった。夏、利根川の水は大量の水蒸気となって空に上がり、入道雲となり、やがて雷とともに田に恵みの雨を降らせてくれるのだ。

また、信濃川流域の夏雲は「信濃太郎」、丹波方面から出る夕立雲は「丹波太郎」と呼ばれる。さらに、山陰では「石見太郎」、山口では「豊後太郎」、四国で「四国三郎」、九州で「筑紫二郎」という愛称がある。

一瞬にしてみな遺品雲の峰　櫂未知子

梅雨(つゆ)――「つゆ」はなぜ「梅雨」と書く?

梅雨(ばいう)　黴雨(ばいう)　荒梅雨(あらづゆ)　走り梅雨(はしりづゆ)　長梅雨(ながつゆ)　青梅雨(あおつゆ)　梅雨空(つゆぞら)　空梅雨(からつゆ)　梅雨寒(つゆざむ)　梅雨冷(つゆびえ)　梅雨雲(つゆぐも)

太平洋の暖かく湿った空気と、日本海の冷たく湿った空気がぶつかると、湿気を多く含んだ空気が発生し梅雨前線となる。暦の上では、立春から数えて一三五日目を「入梅」という。そこから約三〇日間が梅雨の時期。暦の上でははっきりしているが、実際の気象上では一定せず、地域によっても梅雨入りの時期が異なる。前線は南から北に移動し、北海道では梅雨は見られないが、ときに蝦夷(えぞ)梅雨といわれる雨が降ることもある。また、梅雨は日本のみならず韓国・中国・東アジアでも起こる。

「梅雨」という言葉は平安時代に中国から来た言葉で、六月は梅の実が熟す時期にあたるため、実梅に恵みを与える雨として「梅雨」と名付けられたようだ。また、湿気が多く黴が生えやすいため、「黴雨(ばいう)」ともいわれる。

梅は梅雨時の胃を整え、整腸剤ともなる身近な食材で、梅干し、酒、ジュース、ジャム、ゼリー、シロップなどの加工品としても親しまれている。

樹も草もしづかにて梅雨はじまりぬ　　日野草城

―虹(にじ)― 虹はどうしてできるの？

朝虹(あさにじ)　夕虹(ゆうにじ)　虹立(にじた)つ　虹晴(にじは)れ　虹(にじ)の橋(はし)　二重虹(ふたえにじ)　虹(にじ)の輪(わ)　虹(にじ)の帯(おび)

太陽光線をプリズムに当てると七色に分かれる。虹は、その太陽光線が七色に分かれて見える現象。虹が空に出現する際、プリズムの役目を果たしているのは雨粒だ。太陽光線が雨粒の中で屈折し、反射されるときに光が分解され、複数色に分かれる。色の順は決まっていていちばん外が赤、内に向って橙、黄、緑、青、藍、紫、の順。ちなみに日本では七色だが国によって数え方が違い、イギリス、アメリカは六色でフランスは五色、ロシアは四色。

虹が見える条件は、一方が晴れで反対側が雨（上がり）であること。途切れているような虹は、そこから先が雨（上がり）でないため。なお、虹が現れる方角は、晴れている方とは逆の方角。太陽に背を向けて立って、見ている方向で雨が降っているか、雨上がりの状態のときに見える。水しぶきをあげる滝、太陽を背にしてホースで水まきをしたときなどでも、その美しい光の魔法を見ることができる。

虹二重神も恋愛したまへり　津田清子

——雷(かみなり)—— 車中は本当に安全?

はたた神(がみ)　いかづち　日雷(ひがみなり)　雷鳴(らいめい)　雷光(らいこう)　雷火(らいか)　雷雨(らいう)　落雷(らくらい)　遠雷(えんらい)　神鳴(かみなり)　鳴神(なるかみ)

雷が車に落ちても、車内は大丈夫とよく言われるが、それはほぼ間違いない。金属製の箱に電流を流すと、電流は箱の表面に沿って流れ、中の空洞部分へは流れないのと同じで、車や電車に落雷があっても、雷は車体の表面から地面へと流れ、中の人はほぼ安全。しかし、車体の内側の金属部分に触れていたりすると感電する可能性があるので、雷の発生時には、ドアなどには触れない方がいい。ちなみに「金属製のモノを身に付けていると危ない」「ゴム靴を履いていれば大丈夫」というのは間違い。野原に立っていれば、人間は全身が電気の導体になってしまうので、窪地にしゃがんでいるほかはない。大木の下も危険で、雷が鳴ったときは建物や車などに早めに避難するのがいちばんの方法といえる。「へそを隠せ」と、子どもの頃に言われた人は多いと思うが、その訳は雷雨の後は急激に気温が下がるので、「お腹を冷やすな」「風邪をひくぞ」という戒めであり、安全性とはもちろん無関係。

落雷の一部始終のながきこと　宇多喜代子

雹（ひょう）　夏にも冬にも氷雨降る！

氷雨（ひさめ）　雹降る（ひょうふる）　雹飛ぶ（ひょうとぶ）　雹来る（ひょうくる）　雹打つ（ひょううつ）　雹叩く（ひょうたたく）　雹害（ひょうがい）

氷雨といえば、つめたい冬の雨をイメージしてしまうが、夏に積乱雲から降ってくる直径五ミリ以上の大きさの氷、すなわち雹のこともさす。雪に冬の雨の混ざった霙（みぞれ）や、霰（あられ）（直径五ミリ未満）も氷雨というが、こちらは冬の季語になる。雹は発達した積乱雲から、多くは雷雨にともなって降る。雲の峰から降下する雪の結晶に多くの過冷却雲粒が凍りついてでき、途中強い上昇気流のため、長時間雲の中に留まって大きな氷の塊（雹）に成長し、豆粒大からときにはゴルフボールの大きさを超える。降る範囲は数キロ程度で、「馬の背を降り分ける」といわれるほど狭いが、農作物や車や家、人畜に被害を与えることも多い。

日本最大の雹害は一九三三（昭和八）年六月一四日、兵庫県中央部で暴風をともなった直径四～五センチの雹が降り、死者一〇人、負傷者一六四人、住宅の全半壊一九八棟にも達したという。また、海外で死者を出したという記録も多数ある。

四百の牛掻き消して雹が降る　太田土男

更衣(ころもがえ)——なぜ更衣は六月一日なのか？

衣更ふ(ころもかへ)

　更衣は、いうまでもなく冬服を夏ものに替えること。かつては宮中でも民間でも陰暦四月朔日と、一〇月朔日を更衣の日と決めていた。西暦を採用した翌、明治六年、太政官布告で更衣が六月一日となり、夏服は六月一日〜九月三〇日、冬服が一〇月一日〜五月三一日となったようだ。学校や官公庁、制服のある会社など、大半の地域でこの日を目処(めど)に更衣を行う。

　北海道では、半月遅れの六月一五日と半月早い九月一五日になっている。また、温暖な南西諸島などでは、更衣は毎年五月一日と一一月一日に行われており、本土より二ヶ月長く夏服を着る。中学、高校の場合には、新入生は入学時の四月から合服・夏服を着用させるところもある。神社によっては大祭の日に装束を替える。

　一般的にはそれほど厳密に行われているわけではないが、更衣によって大切な一年の折り返し、身を清める節目の時期といえるだろう。

世の憂さをまとふ衣を更へにけり　富安風生

浴衣（ゆかた）　浴衣は身につけたまま入浴していた

浴衣掛（ゆかたかけ）　貸浴衣（かしゆかた）　古浴衣（ふるゆかた）　初浴衣（はつゆかた）　藍浴衣（あいゆかた）　白浴衣（しろゆかた）　浴衣着（ゆかたぎ）　宿浴衣（やどゆかた）

浴衣はもともと、字の通り入浴時に身につけるものだった。鎌倉時代にはすでに使われていたようだが、当時は「湯帷子（かたびら）」と呼ばれていた。そもそも、それまでの風呂は浴槽のない、蒸し風呂だった。その後入浴が始まるが、最初は、お寺で浴衣を着たまま行う、「施浴」と呼ばれる宗教的行事だった。

誰もが簡単に入浴できるようになったのは、江戸時代に銭湯ができてから。銭湯では湯帷子も簡略化され、男女とも腰から下を覆う布だけになった。浴衣は湯あがりにただ羽織るだけで水分を拭（ぬぐ）える、「身拭い」となり、バスローブのような役目だった。それがしだいに風呂の外での気軽な着物になってゆく。木綿布の肌触りが浴衣にぴったりだった。やがて夕涼みや盆踊りで広がることになる。現代ではすっかり庶民の衣装となり、柄の入った清涼感ある藍染めの浴衣に帯を締めると、女性の色気は増し、男は男ぶりが上がる。

浴衣着てかもめの如く袖拡く　　五所平之助

―水着（みずぎ）―

水着にビキニの名前がつけられたわけ

水着干す（みずぎほす）　海水着（かいすいぎ）　水泳帽（すいえいぼう）　海水帽（かいすいぼう）　海浜着（かいひんぎ）

世界で初めて水着が登場したのは一九世紀半ば。当時の水着は生地が厚く、ほぼ全身を覆うものだった。時代とともに露出部分が多くなり、世界中の話題をさらったのが、大胆なツーピースのビキニスタイルだった。考案したのはフランスのデザイナー、ルイ・レアール。コットン製で、新聞記事がそのままプリントされたデザインだった。着たのはダンサーのミシュリーヌ・ベルナルディ。レアールは話題作りのために、彼女をビキニスタイルでパレードさせたという。

一九四六年七月一日、アメリカはビキニ環礁で、第二次大戦後初の原水爆実験を行い、二一キロトン級の原爆「エイブル」を投下。世界中が騒然となった。この実験直後の七月五日にレアールが、その小ささと周囲に与える破壊的威力を原水爆にたとえ、ビキニと命名してしまった。それにちなんで七月五日はビキニの日となっている。実験は続行され、移住させられた島民たちは汚染した島に今なお帰ることができない。

水着選ぶいつしか彼の目となつて　黛まどか

―ハンカチ―　ハンカチを正方形と決めた女性は？

ハンカチーフ　ハンケチ　汗拭ひ　汗ふき　白ハンケチ

ハンカチはエジプト文明の遺跡からも発掘され、身分の高い人の持ち物だったようだ。ローマ時代には出征兵士が兜の下に小布を巻く習慣があり、これが包帯代わりにもなっていたという。恋人が出征するとなると、美しい布を贈りたくなるのが女心。こうしてハンカチにはしだいに刺繡が施され、凝ったものになった。やがてこの布は洟をかむことにも使われ、食卓ではナプキンに、野外では座る所に敷かれたりしつつ、同時にアクセサリーとしても使われていた。形も長方形、円形、楕円など様々。

ルイ一六世がフランスを治めていた当時、いろいろな形のハンカチを快く思わなかったのが王妃のマリー・アントワネット。彼女はベルサイユの宮廷生活を謳歌し、軽率、浪費家として名を馳せていたが、夫に強く希望し「ハンカチーフは正方形に限る」という命令を発した。これ以降、ハンカチは正方形になったまま。なぜ彼女が正方形に拘ったのかは今もって謎だが……。

頭文字あるハンケチは返さねば　鈴木榮子

—冷麦(ひやむぎ)— 冷麦と素(索)麺はどこが違う?

冷(ひ)(や)し麦(むぎ) 切(き)(り)麦(むぎ)

冷麦は太さが一・三〜一・七ミリのものをいい、最も細いものを切り麦という。素麺は冷麦より細く、〇・七〜一・二ミリのもの。ともに乾麺として流通している。冷麦より太いのがうどんである。これらの最も大きな違いは、冷麦には含まれていない植物油が素麺には含まれていて、素麺のカロリーは冷麦やうどんより高い。三つの麺はいずれも小麦粉が原料で、ここに塩と水を加えてこねてから細くする。

素麺はラーメンを作るのと同様、胡麻油や菜種油を塗りながら切れにくくして引き延ばし、簾のようにして、寒風の中、天日に干して仕上げる。「素麺干す」は冬の季語。素麺も冷麦と同じように茹でた後、よく洗って冷水などで冷やし、薬味を添え、濃いだし汁につけて食べ、涼味を感じる。ただし素麺だけでは季語にならず、「冷素麺」「冷麺」「素麺流す」などとしなければならない。江戸時代の初期までは、水の調達がままならなかったためか、冷素麺ではなく煮て食べる入麺が多かったようだ。

冷麦に氷残りて鳴りにけり　篠原温亭

麦酒（ビール）——ナメクジもビール党

ビール　生（なま）ビール　黒（くろ）ビール　地（じ）ビール　缶（かん）ビール　ビヤホール　ビヤガーデン

うっかり飲み残し、気の抜けたビールは、そのまま飲んでもおいしくないが、冷蔵庫に保管しておけば、数日間ほどは様々な使い道がある。たとえば肉を柔らかくし、風味を増してくれる。肉のビール煮、すき焼きのときの水代わり、焼き肉の際は肉の上にさっとかけておく。シチューやカレーなどの煮込み料理にも隠し味として使える。ぬか床にビールを加えると、漬物の味がグンと良くなる。また、サイダー、ジンジャーエール、コーラ、ジュースなどに加えミックスドリンクにも。

食用以外でも、元気のない鉢植えの植物などに与えると、ホップなどの栄養分が肥料代わりになる。布にビールを含ませてガス台やガラス窓などの汚れを拭くと、水拭きよりも効果的。冷蔵庫の内側を拭くときもビールが消毒の役目も果たしてくれる。また、ナメクジは大のビール党。牛乳パックやペットボトルを切ってビールを注ぎ、夕方仕掛けておくといっぱいとれる。お試しあれ！

人もわれもその夜さびしきビールかな　鈴木真砂女

―焼酎―　焼酎の甲類・乙類はどう違う？

泡盛　甘藷焼酎　黍焼酎　蕎麦焼酎　麦焼酎　粕取焼酎

焼酎の甲類は、原料の清酒粕やみりん粕などを連続式蒸留機で蒸留し、より高純度のアルコールにしてから、水で薄めた無色透明のもの。アルコール度は三六パーセント以下で飲みやすい。酎ハイ、ウーロンハイ、果実酒、薬用酒など用途はさまざま。さらには糖質、脂質がゼロなので、翌日に残らないのもうれしい。

いっぽう乙類は、単式蒸留なので、アルコール以外の香りの成分を多く残した本格焼酎で、昔ながらの製法。アルコール分は四五パーセント以下で甲類に比べて高い。原料も米、芋、蕎麦、麦、トウモロコシなどが使われていて、その風味が生かされている。

お湯割りにする場合、焼酎とお湯の割合が「六：四」とよく言われるが、二五度の焼酎が多いので「六：四」でブレンドすると、アルコール度は一五度。これは日本酒とほぼ同じ。それが日本人の体質にあって飲みやすいのかもしれない。

立ち飲みの焼酎が利く泪橋　森　洋

甘酒（あまざけ）──栄養満点の暑気払いの飲み物

一夜酒（ひとよざけ）　醴（こざけ）　甘酒売（あまざけうり）　甘酒屋（あまざけや）　甘酒造（あまざけつく）る

甘酒の起源は古墳時代までさかのぼり、『日本書紀』にその記述がある。江戸時代には夏の盛りに甘酒売りが登場。「甘い、甘い、あ〜ま〜ざ〜け〜」などの文句で売られ、真鍮（しんちゅう）の釜を据えた箱を担いだ甘酒売りが夏の風物詩だった。柔らかく炊いた飯または粥に、米麹を加えてあたため、発酵させて作る。甘みがあり、酒とつくもののアルコール分をほとんど含まず、熱くして飲む。甘粥、また六〜七時間で完成することから一夜酒ともいわれる。初詣の時など神社で出されたりして、体が温まるので冬の飲み物のように感じるが、じつは夏の季語。

甘酒には、ビタミンB1、B2、B6、葉酸、オリゴ糖やアミノ酸、そして大量のブドウ糖が含まれている。これらは栄養剤の点滴と中身が似ていることから「飲む点滴」ともいわれ、夏バテ防止にはもってこいなのだ。少量の生姜をすり下ろして加えたら、その風味は格別なものとなる。

甘酒啜る一時代をば過去となし　原子公平

ソフトクリームとアイスクリームの違いは？

—氷菓（ひょうか）—

ひょうくわ　アイスキャンデー　アイスクリーム　ソフトクリーム　小豆（あずき）アイス　シャーベット　氷菓子（こおりがし）

ソフトクリームとアイスクリームの違いは、じつは、保管温度と食感だけ。アイスクリームはマイナス三〇℃で急速に冷やして固め、その後マイナス一八℃以下で保管。ソフトクリームの場合は、急冷の過程が無く、マイナス五〜マイナス七℃で保管され、アイスクリームより氷結晶が少ない分だけ口当たりが滑らか。この温度設定は、どちらも美味しく感じられるように配慮されている。

日本人がソフトクリームを食べ始めたのは、一九五四（昭和二九）年に映画『ローマの休日』で、オードリー・ヘップバーンが食べるシーンが公開されてから。

アイスクリームは、低温で保存されていて、原料も単純で細菌などが繁殖する心配がなく、長期保存が可能なために賞味期限はない。一〇年前のものでも大丈夫！　ただ、家庭の冷凍庫の場合、扉を頻繁に開閉するため、冷凍庫内の温度をマイナス一八℃以下に保つのはなかなか難しい。

アイスクリームおいしくポプラうつくしく　京極杞陽

鰻の日

土用鰻

土用丑の日に鰻を食べるようになったわけ

「土用」というのは四季の最後の期間のことで、立春、立夏、立秋、立冬までのそれぞれの一八日間を指す。しかし実際には、夏の土用のみが一般的なものになっている。七月二十日から八月六日頃までで、猛暑の時期となる。万葉の頃から鰻は夏負けの薬とされていたが、土用丑の日に食べるという風習は江戸中期から。

有名なのは、平賀源内が商売がうまくいかない鰻屋から宣伝を頼まれて、「本日土用丑の日」の貼り紙をしたら大繁盛したのが始まりという説だ。また、文政年間に神田の鰻屋・春木屋善兵衛が言いだしたという説もある。いずれにしても鰻にはタンパク質と脂肪が多く、ビタミンAも豊富なので、これで夏バテを防ごうというのだ。

歳時記には土用の付く夏の季語がいくつもある。「土用入」に「土用太郎（土用一日目）」「土用次郎（二日目）」「土用三郎（三日目）」。ほかにも「土用蜆」「土用干」「土用東風」「土用雨」「土用波（浪）」「土用凪」「土用見舞」「土用明」などだ。

土用うなぎ冷戦に要るエネルギー　かとうさきこ

一花火一

花火の色や形はどんな仕掛け?

煙火　打上花火　打揚花火　仕掛花火　遠花火　昼花火　花火舟　花火師

打上花火は、硝酸カリウム、塩素酸カリウム、木炭、硫黄などを原料として作られる。これを丸めて和紙で包んだ「星」と呼ばれる小さな玉を、球形の殻の内側にきちんと並べて作る。「星」の中に詰める物質はいろいろな色の光を放つように工夫されている。赤くなる炭酸ストロンチウム、青くなる銅、緑になる硝酸バリウム、紫はカリウム……という具合だ。これらの金属を粉にし、火薬に混ぜ、その混ぜ方によって美しい彩りを演出する。

この「星」を同心円状に並べ、その中央に「割り薬」という火薬をいれ、この力で「星」を四方八方に円形に散らすのが代表的な花火だ。ハートなどを空に描く花火もあるが、こちらはハートの形に「星」が並べられている。さらに煙の色にもこだわり、亜鉛や硫黄の白、鶏冠石の黄色、ナフタリンの黒などが駆使されているそうだ。〝一瞬の美〟に賭ける花火師は、常に危険を背負う大変な化学者というわけだ。

暗き天にて許されて花火爆ず　三好潤子

―こどもの日(ひ)―　鯉幟を泳がせ、粽(ちまき)を食べ、菖蒲湯に入る理由

五月五日は端午(たんご)の節句。鯉は出世魚で、滝も登るといわれ、子どもに逞(たくま)しく育ってほしいという願いが込められている。鯉幟は江戸末期ごろから武家で使われはじめ、大正のころより一般の家庭にも普及するようになったという。

粽を食べるのは中国の故事にならっている。中国の楚の国に屈原(くつげん)という主(あるじ)に忠実な詩人がいたが、彼は祖国の滅亡をはかなんで五月五日に川に身を投げて自殺をしてしまう。人々は彼を憐れみ、忌日が来ると粽を川に投げ込んで、御霊(みたま)に捧げたという。その故事がそのまま日本に伝わっているのだ。

菖蒲は香りが強く、虫も付かず、災いを払う力があると信じられてきた。胃腸等に効く薬草でもあり、菖蒲湯に入ると、体が温まって健康に良いとされる。この時期は食べ物が腐りやすく、季節の変わり目で体調を崩しやすいことからも、この風習が受け継がれている。中国やロシアをはじめ六月一日をこどもの日としている国も多い。

子供の日小さくなりし靴いくつ　　林　翔

―母の日―　母の日はこうして広まった

〈五月の第二日曜日〉

一九〇七年、アメリカのウェブスターという町にあるメソジスト教会で、アンナ・ジャーヴィスという少女が母の死を悼み、母が好きだった白いカーネーションを教友に配った。この美談が全米に広まり、一九一四年、ウィルソン大統領のアメリカ合衆国議会が、アンナの母が亡くなった五月の第二日曜日を「母の日」と制定し、全世界に提唱したのがはじまり。亡き母を偲ぶ子どもは白、母のいる子どもは赤いカーネーションを胸に飾り、母への感謝を捧げる。ちなみに提唱のきっかけとなったアンナは、生涯独身。母として感謝されることはなかった。

日本に伝わったのは、大正時代だが、戦後になって改めて五月の第二日曜日と定められた。日本では近年、カーネーションに限らずいろいろな物をプレゼントすることが広まっている。それにしても「父の日」の影の薄いこと……。そのわけは、次の「父の日」の説明で少し納得？

母の日のきれいに畳む包装紙　須賀一恵

―父の日―　国によって日程も祝い方もまちまち！

〈日本では六月の第三日曜日〉

母の日ができたことを知ったアメリカのJ・B・ドット夫人が一九〇九年、牧師協会に懇願し、父の誕生月である六月に礼拝をしてもらったことが、「父の日」誕生のきっかけといわれている。夫人が幼いころ、父は南北戦争に出兵。母は過労で、夫の復員直後に亡くなってしまう。ドット夫人の父は遺された六人の子どもを男手一つで育て上げた。夫人の嘆願から七年後には全米に広まっていたが、六月の第三日曜日が父の日に定められたのは、一九六六年、ジョンソン大統領の大統領告示による。アメリカの国民の祝日になったのは一九七二年になってから。

父の日は世界中にあり、六月第三日曜の国は多いが、その日程も祝い方もまちまちだ。台湾は八月八日。ブラジルは八月第二日曜日。ロシアは二月二三日。ポーランド、ニカラグアは六月二三日、オーストラリア、ニュージーランドは九月第一日曜日、ラトビアは九月第二日曜日……といった具合なのだ。

悲壮なる父の為にもその日あり　相生垣瓜人

—鬼灯市(ほおずきいち ほほづきいち)— 四万六〇〇〇日分の御利益、その根拠は?

酸漿市(ほおずきいち)　四万六千日(しまんろくせんにち)　千日詣(せんにちまいり)　六千日(ろくせんにち)さま　十日詣(とおかまいり)　秋 鬼灯(ほおずき)

毎年七月九、一〇日には東京の下町、台東区の浅草寺の境内に「ほおずき市」が立つ。ほおずきは、子供の虫封じや女性の癪(しゃく)に効能があるともいわれる。また、この日は欲日ともいわれ、元禄時代は「千日参り」と称して参詣すると一〇〇〇日分の御利益があるとされていた。享保年間頃から御利益が四万六〇〇〇日に増え、「四万六千日」と呼ぶようになった。

四万六〇〇〇日といえば約一二六年になる。つまり一生、食いはぐれることなく無病息災で過ごせるということ。この〝一生〟と〝一升〟をかけ、一升分のお米が約四万六〇〇〇粒にあたるからという説もあるが、明確な根拠はない。仏教には数が多いことのたとえとして「八万四千の煩悩」「八万四千の法門」という言い方がある。「四万六千日」も言いやすさなどから、数が多いことの方便として考えられたものという説もある。

爺と婆手つなぎ四万六千日　菖蒲あや

祭(まつり)——神が乗る神輿を手荒く振り回すのはなぜ?

夏祭(なつまつり)　祭獅子(まつりじし)　山車(だし)　神輿(みこし)　祭笛(まつりぶえ)　祭太鼓(まつりだいこ)　祭囃子(まつりばやし)　祭提灯(まつりちょうちん)　祭髪(まつりがみ)　祭衣(まつりごろも)　宵宮(よいみや)　御旅所(おたびしょ)

夏に行われる各神社の祭礼の総称。古くは祭といえば、平安時代から続く京都の上賀茂・下賀茂神社の葵祭を指した。深川祭(あるいは三社祭)、神田祭、山王祭は江戸の三大祭とされるが、実際、神社は四つある。深川八幡、神田明神、日枝山王、浅草三社権現である。「神輿深川、山車神田、だだっ広いが山王様」などといわれた。東北の三大祭は、仙台の七夕、青森のねぶた(ねぷた)、秋田の竿燈(かんとう)だ。

昨今では祭を受け継ごうという人も増え、女性だけの神輿も登場。その神様が乗る神輿の屋根には多く鳳凰が飾られている。

神輿はただ担ぐだけではなく、揺すったり、振ったり、時には投げたりするのが基本。神が乗っているのに、失礼な感じもするが、これは「霊振り(たまふり)」といって振ることによって霊魂が強くなるという信仰によるものだ。町内を練り歩くことによって、神の魂を強くし、厄払いをし、町中の幸せを祈っている。

神田川祭の中をながれけり　久保田万太郎

—沖縄忌— 世界海戦史上最大の艦隊が集結

慰霊の日　一九四五年六月二三日

太平洋戦争末期、沖縄は本土を守る「捨て石」となった。米軍が最初に上陸したのは、渡嘉敷島のある慶良間諸島。集結した約五五万人の大艦隊は世界海戦史上最大だった。その数は、戦艦一〇隻、巡洋艦九隻、駆逐艦二三隻、砲艦一一七隻、大型輸送船八〇隻、ＬＳＴ（戦車上陸用舟艇）八〇隻、小型船艇四〇〇隻。合計七一九隻に及ぶ。海が黒く染まったといわれている。

戦闘は一九四五（昭和二〇）年三月二六日から六月二三日まで、九〇日間にわたって繰り広げられた。日米の軍人九万四〇〇〇人、住民の四分の一にあたる一五万人が命を落とすという、太平洋戦争中、日米最大規模で最後の地上戦となった。

それから沖縄は米軍の支配下となり、一九七二年祖国復帰を果たしたものの、米軍基地は居座り、日本政府もそれに追従。米兵の性犯罪は止まない。そして無謀な辺野古基地建設は〝美ら海〟を破壊しながら今もなお続いている。

艦といふ大きな棺沖縄忌　文挾夫佐恵

原爆忌（げんばくき） 広島の原爆と長崎の原爆の違い

原爆の日（げんばくのひ）　広島忌（ひろしまき）（八月六日）　長崎忌（ながさきき）（八月九日）

※立秋が八月七、八日ごろなので秋の季題としている歳時記もある

日本は、世界で唯一原爆を投下された国。広島には世界最初の原爆が一九四五（昭和二〇）年八月六日に、三日後の九日には長崎に落とされた。俳句においては、それぞれ「広島忌」「長崎忌」という。

広島に落とされた原爆は「ウラン型原爆」で、原料に天然ウランを使用。ウラン型原爆は、ウランの濃縮は難しいが、兵器化するのは比較的容易で、大規模な施設を必要とせず、衛星などで施設を監視するのが難しい。その年の一二月までの死者はおよそ一二万人。その後三～五年の間に約二〇万人を数える。

一方、長崎に落とされた原爆は「プルトニウム型原爆」で、原料は使用済みの核燃料を再処理して使用。プルトニウムの抽出は比較的簡単だが、兵器化は難しく、大規模施設を必要とする。長崎原爆の死者はその年の一二月までに約七万人。その後三～五年の間に約十数万人を数える。二つの原爆には人体実験の要素が強いという説も。

原爆忌一つ吊輪に数多の手　山崎ひさを

―桜桃忌―　いまだに物議をかもし続ける人気作家・太宰治

太宰忌〈一九四八年六月一九日、作家太宰治の忌日〉

太宰治の本名は津島修治。青森県下有数の大地主の家に生まれたが、そのことが原罪意識となっていた。数回にわたる自殺未遂や薬物中毒を克服して活躍したが、六月一三日、愛人・山崎富栄とともに玉川上水（東京都三鷹市）に入水自殺。遺体が上がったのは六日後の六月一九日。太宰の誕生日でもあった。「桜桃忌」の命名は、同郷で親友の直木賞作家・今官一。墓は三鷹市禅林寺の森鷗外と向い合せにある。この日は多くのファンが全国から集う。いまも新潮文庫でいちばん売れているのは、漱石の『こころ』と太宰の『人間失格』。

生家は太宰治記念館の斜陽館（国重要文化財）ではなく、津島家の旧宅であるという『金木郷土史』（一九七六年刊）もあり、いまだに生家論争が終わらない。甲府市で空襲に遭いながら、持ち出した『お伽草紙』の直筆完成原稿（二〇〇字詰め三八七枚）の発見報道が二〇一九年四月五日。いつまでも人騒がせな人気者である。

太宰忌やいつか無頼を遠くして　角川春樹

蝙蝠（こうもり／かうもり）――精子を春まで貯蓄して……

かはほり　蚊喰鳥（かくいどり）　夕蝙蝠（ゆうこうもり）　家蝙蝠（いえこうもり）　山蝙蝠（やまこうもり）　大蝙蝠（おおこうもり）

蝙蝠は鳥のように自由に飛べる唯一の哺乳類。長く伸びた前足の指の間に飛膜があり、それが翼になる。後足の五本の指はかぎ状で、洞窟の天井や木や岩などにぶらさがるのにぴったり。ネズミに似た顔で、声帯からたえず特別な超音波を発し、その反射を聞いて、障害物との距離をはかり、周囲の状況を判断しながらスイスイ飛ぶ。つまりレーダーのような精密機能装置を備えているのだ。昼間は岩穴や屋根裏などの暗い場所にひそみ、夕方から飛び回り、難なく蚊などの昆虫や蛙、魚などを捕食する。中には果実や花粉を食べるものもいる。

食虫性の蝙蝠は冬眠直前に交尾し、冬眠の間は子宮の中に精子を蓄えておき、春になって雌が冬眠からさめた段階で、卵子の成熟に合わせるように受精する。約九五〇種が全世界に分布し、熱帯・亜熱帯に多い。大きさは体長四〇センチメートルから、哺乳類中最小の三センチメートルのものまでいる。

じぐざぐのけふこのごろや蚊喰鳥　富澤赤黄男

―海亀―

海亀が産卵で涙を流すわけは?

赤海亀　青海亀　正覚坊　海亀泳ぐ　春亀鳴く

テレビなどで海亀の産卵シーンを見たことのある人も多いだろう。夜になると浜辺に上陸し、穴を掘って、ピンポン玉のような形の卵を一回に一二〇～一四〇個くらい産み落とす。その際に、涙がこぼれているのを見て、人間の出産と重ね合わせる人もいるかもしれない。しかし、実際は、目の横にある器官(塩類腺)から、余分な塩水が粘液となって排出されているのだという。それにより、体内の塩分濃度を調節し、また、上陸したことによる眼球の乾燥を防いでいるという。産卵場所としては、波打際より少し上の海水が来ないところを選ぶ。しかし、稀にかなり陸の方で産卵することがあるが、そのような場合は台風を予知しているのではないかともいわれている。

「子亀」も夏の季語だが、彼等には光の方向へ向かう性質がある。真っ暗な夜の浜では、陸側より海のほうが明るく見え、子亀はこれを目印に海へ向かって行く。陸側が街灯などで照らされていると、海へ辿り着けずに死んでしまうこともあるそうだ。

海亀の哭く夜か白い汀は泛く　高島　茂

―蜥蜴(とかげ)―　切れた尾は元通りになるのか？

青蜥蜴(あおとかげ)　瑠璃蜥蜴(るりとかげ)　縞蜥蜴(しまとかげ)　蜥蜴照る(とかげてる)　尻切れ蜥蜴(しりきれとかげ)　蜥蜴の尾(とかげのお)

蜥蜴は日本には四科三一種が分布している。全長約二〇センチで、尾はその半分以上の長さがある。敏捷で腹を地につけるように走って小虫を捕食する。変温動物なので体温の維持が不必要であり、わずかな食料で生きていくことができる。

猫や蛇などの敵に襲われそうになると、自ら尾を切って、敵がピョンピョン跳ねているそれに目を奪われている間に逃走。切れた尾は、再生されるが、厳密には元通りではなく、最初より少し短い不完全なものだという。尾の切れる部分は、筋肉の収縮が早く出血しないようになっており、自己治癒力で新しい尾が生えてくる。

ただ、再生できるのは尾だけで、手足は再生できない。人間や他の動物も、皮膚などは何度も再生されているのだ。

上のものが下に責任を押し付けて逃げ切る、「蜥蜴のしっぽ切り」という人間独特の悪習は、いつになっても後を絶たず、再生のドラマはくり返されている。

敵にうしろを見せて輝く大蜥蜴　山本弦平

―蛇(へび)―　蛇はどうやって大きなものを飲み込むのか？

㊡蛇穴(へびあな)を出(い)づ
㊙蛇穴(へびあな)に入(い)る
蛇(へび)の舌(した)　蛇交(へびつる)む　赤楝蛇(やまかがし)　青大将(あおだいしょう)　烏蛇(からすへび)　縞蛇(しまへび)　ながむし　くちなは

なぜ蛇は、ニワトリや兎のような、自分の頭より大きなものを飲み込むことができるのだろうか。その秘密は蛇の頭の構造にある。頭の骨は強靭な筋肉で繋がっていて、口を上下一八〇度近くまで開けることが可能。上下のあごに並んでいる歯は鋭く細く彎曲していて、嚙みつかれた獲物が逃げにくくなる構造だ。しかも、下あごは弾力性のある骨で上あごと繋がっている。下あごの先は靭帯で結ばれていて、この靭帯を左右別々に動かす。大きな獲物をくわえたときはあごの先を左右に広げて、どんどん喉の奥に引き込んでいく。獲物が喉に達すると、肋骨も自由に広がり、体も伸びるようにできており、胃の中へと送り込まれる。さらに飲み込む時は、気管を下あご付近に出して呼吸をし、窒息の心配がないという精緻さ。

飲み込んだ餌は、胃から腸に送り込みながら時間をかけて消化されるために、餌の大きさによっては月に一度の食事で十分という燃費のよさだ。

蛇の舌空気舐めつつ進むなり　村上鞆彦

時鳥（ほととぎす）――時鳥は夏を告げる代表的な季語

初時鳥（はつほととぎす）　山時鳥（やまほととぎす）　子規（ほととぎす）　不如帰（ほととぎす）　杜鵑（ほととぎす）　杜宇（ほととぎす）　蜀魂（ほととぎす）

時鳥は渡り鳥で、五月中頃東南アジアから渡って来て、晩秋に南に帰る。田植えの時期にやってくるため、農家には時を知らせる大切な鳥だった。その鳴き声は「テッペンカケタカ」「包丁カケタカ」「特許許可局」と、様々に聞きならされている。

詩歌の世界で「初音」というと、春を知らせてくれる鶯（春告鳥）と、夏を知らせてくれる時鳥になる。俳句の世界では春の「花」と、秋の「月」、冬の「雪」に並んで、夏の「時鳥」は大切な季語だ。『万葉集』で詠われている鳥の中でも最も多い。清少納言は『枕草子』で「ほととぎすは、なほさらにいふべきかたなし（言いようがないほどすばらしい）」と絶賛。その姿になかなかお目にかかれないのが残念。時鳥は鶯やミソサザイの巣に卵を産み、雛を育てさせる「托卵」の術を持つ。

左の句は一九三〇（昭和五）年の作。久女は福岡と大分の境にある霊峯・英彦山（ひこさん）に何度も足を運んで、ついには白蛇の霊感によってこの句を成したという。

谺（こだま）して山ほととぎすほしいまゝ　杉田久女

―郭公（かっこう）―　子育て丸投げ！

閑古鳥（かんこどり）　夕閑古（ゆうかんこ）　郭公鳥（かっこうどり）　かっぽう鳥（どり）

郭公はカッコウ目カッコウ科の鳥。全長約三五センチで、時鳥（ほととぎす）より大きく翼と尾が長い。羽根は暗灰色で、胸に横斑がある。ユーラシア大陸中北部に広く分布。日本には夏鳥として五～六月に南方から渡来し、八月頃去り始める。開けた林や草原、湖沼近くに棲み、主に昆虫を捕食。「カッコー、カッコー」と鳴く。

自分で巣を作らず、百舌（もず）、ホオジロ、オオヨシキリなどの巣にこっそり産卵し、それらの鳥を仮親として育てさせる。仮親はけなげに卵を温め続けるが、郭公の雛は早く孵化し、背中にふれる物を押し出してしまう習性があるため、仮親の本来の卵を巣から放り出してしまう。親も親なら雛も相当な〝ワル〟だ。それでも何も知らない仮親たちは、食べ物を与え続け、郭公の雛を立派に育て上げる。しかし、托卵のタイミングが遅いと、先に孵化した巣の持ち主の雛が重すぎて押し出せず、一緒に育つこともある。また、ときに托卵を見破って卵を捨ててしまう鳥もいるという。

郭公や寝にゆく母が襖閉づ　　廣瀬直人

緋鯉(ひごい) ―鯉は鶴や亀よりもずーっと長生き!?

色鯉(いろごい)　白鯉(しろごい)　錦鯉(にしきごい)　斑鯉(まだらごい)　変り鯉(かわりごい)　图寒鯉(かんごい)

鯉だけでは季語にならないが、緋鯉は金魚や熱帯魚とともに、涼を呼ぶ観賞用として飼われ、夏の季語となる。冬の寒鯉は滋養に富み、長野、群馬などで食用のための養殖が盛ん。「鶴は千年、亀は万年」と昔から言われるように、鶴は四〇年、亀は一五〇年くらい生きることが確認されている。しかし、鯉は鶴や亀より長生きである。

鯉は、胸びれの付け根のウロコや背骨から年齢を推測できるという。野生の鯉の寿命は、二〇～五〇年といわれている。しかし、岐阜県加茂郡白川村で飼育されていた「花子」という名の鯉は、江戸時代から生きつづけ、なんと二二六歳(一九八三年のギネスブックで世界最長寿命に認定)だったといわれている。

鯉は川底や池の貝類を好んで食べるが、少々汚れた水でも平気で、汽水域(川の水に海水が混ざっている河口付近)でも生きることができる。雑食で住むところを選ばないタフさ、ゆったりした泳ぎが長生きの秘訣かもしれない。

谷に鯉もみ合う夜の歓喜かな　　金子兜太

―金（きん）魚（ぎょ）― 赤いのになぜ金魚と呼ばれるのか？

和金（わきん）　蘭鋳（らんちゅう）　琉金（りゅうきん）　出目金（でめきん）　獅子頭（ししがしら）　オランダ獅子頭（ししがしら）　金魚鉢（きんぎょばち）

金魚は日本が発祥ではなく、数千年前に中国の揚子江の流域で、鮒が突然変異したというのが定説。日本には室町時代中期に輸入され、品種改良が重ねられ、出目金、蘭鋳など新品種が奈良県大和郡山などで作られ、輸出されている。

鯉には、金色の鱗のものもいるが、金魚には金色の種類はいない。しかし、日本でも中国でも「金魚」と呼ばれ、英語でも「ゴールドフィッシュ」という。これには「鱗が光ったから」「黄金と同じ価値がある」「金持ちが高級なペットとして飼っていたから」などのさまざまな理由が挙げられているが、定説はない。中国の言い方がそのまま世界に広まったと見るのが妥当のようだ。中国の古い書物にも金魚のことを「赤鱗魚（せきりんぎょ）」と書いてあり、鱗が赤いことは不変であるらしい。

近年は球形の薄いガラスで作られ、軒先に吊るされた「金魚玉」を見る機会もすっかり少なくなった。江戸時代からの、涼を呼ぶ風流アイテムが姿を消しつつある。

宇宙より還へりし金魚泡一つ　石　寒太

―初鰹―　鰹の値段をつり上げた一句！

初松魚　鰹　堅魚　松魚　鰹釣

左の素堂の句は視覚、聴覚、味覚に訴え、初夏を堪能する句として有名。江戸時代の初鰹は非常に高額で、庶民の口にはなかなか入らなかったが、「女房を質に置いてでも食え」といわれ、初物に手を出すのが江戸っ子の粋の証だった。

当時「初鰹」は、「まな板に小判一枚初鰹」と宝井其角も詠んでいるほど高価で、ある年の記録には一本に三両（現在の約二〇万円）の値段が付けられたという。これは武家屋敷に仕えた使用人の年間の給料に匹敵した。この狂乱も江戸末期になると鰹が大量に出回るようになり、熱も一気に冷めた様子。

鰹の旬は年に二度。春から初夏にかけて、太平洋岸を北上するのが「初鰹」。秋の海水温の低下に伴って、三陸あたりから南下してくる鰹が「戻り鰹」（秋の季語）だ。「戻り鰹」は脂がのっているのに対し、「初鰹」はさっぱりしているのが特徴で、旬の走りの「初鰹」は今も昔も人気の初夏の味覚だ。

目には青葉山郭公初鰹　　山口素堂

一鯖（さば）一　「鯖を読む」といわれるわけは？

鯖釣（さばつり）　鯖火（さばび）　青鯖（あおさば）　鯖船（さばぶね）　鯖釣（さばつ）る　秋 秋鯖（あきさば）

日本近海には真鯖、胡麻鯖などがいる。産卵期は五～七月。産卵を終えた鯖は脂ものって太って美味。鯖は光に集まる習性があるので、かつては夜、火を焚いて漁をした。これが鯖火だ。

鯖の筋肉には他の魚より強力な消化酵素が多く、死んでも酵素は働き続け、自身の筋肉のタンパク質を分解する。分解されたタンパク質は腐敗菌に冒されやすく腐りやすい。「鯖の生き腐れ」と言われるゆえんだ。

スリーサイズや年齢などをごまかす言葉に「鯖を読む」がある。これは腐りやすい鯖を数えるのには急いだから、都合のいい数にごまかすことを「鯖を読む」「鯖読み」と使われるようになったという。鯖の旬の夏は傷みが早いためスピードが大事だった。江戸時代には魚市場のことを「いさば」と呼び、早口で数えることを「いさば読み」と言い、その「い」が抜けて「さばを読む」となったという説も。

水揚げの鯖が走れり鯖の上　　石田勝彦

―飛魚（とびうお・とびうを）―　飛魚はどれくらい飛べるのだろうか？

とびの魚（うお）　つばめ魚（うお）　つばくろうを　とびを　あご

飛魚は体長約三〇センチ。大きな胸鰭（むなびれ）を開いて、これがグライダーの翼のような役割をして滑空する。尾鰭は下の部分が長く、二またに分かれ、飛び出す際の推進力を得やすくし、空中での持久力を増す役目をする。時々水面を尾鰭でたたきながら、長い時は四〇秒以上も空中を飛び続ける。秒速一〇～二〇メートルで、飛行距離は一〇〇～三〇〇メートルといわれる。そのスピードは時速約六〇キロにもなり、漁船よりも早い。時に高さは一〇メートルに達することもあるようだ。

夏に多く獲れ、タタキや刺身で食べるとおいしい。「あご」と呼ばれるのはあごが小さく、「あごなし」を略しての呼び名。干したものからはコクのある出汁がとれる。

どんなときに飛ぶのかは諸説ある。鰹などの標的にされたとき、居場所をわからなくするため。喜びを表現している。船のエンジンに驚いたり、夜間の照明に誘われたとき――等々である。

飛魚や航海日誌けふも晴れ　　松根東洋城

―蟹(かに)―　鱈場蟹(たらばがに)は蟹の仲間ではない!?

山蟹(やまがに)　沢蟹(さわがに)　川蟹(かわがに)　磯蟹(いそがに)　岩蟹(いわがに)　弁慶蟹(べんけいがに)　隠蟹(かくれがに)　ざりがに　蟹(かに)の穴(あな)

蟹は夏の水辺で目にする小蟹の総称。「ざりがに」は、後方へ退る(しざる)(後去る(しりさる))性質があるのでこの名前が付いているという。蟹の足は、ハサミも合わせて一〇本ある。「ずわい蟹」は冬の季語になるが、やはり一〇本足。その生態は様々で、陸上で生活する岡蟹、淡水にすむ沢蟹、二枚貝の中に棲むものや深海に棲むものまでいる。大部分は夜に活動し、藻類や他の動物を食べている。

鱈場蟹の足も一〇本で冬の季語だが、二本の足は極端に小さく甲羅の中にあり、えらの掃除などに使われる。鱈の漁場(鱈場)に生息することからこの名がついた。高級な蟹缶といえば鱈場蟹のことをいうのだが、蟹の仲間ではなく、ヤドカリの仲間である。椰子蟹や兜蟹も蟹の名がついているが、生殖器や交尾の器官など、すべてヤドカリによく似ていて異尾下目(いびかもく)(他の蟹は「短尾下目」)に分類される。北海道より北で活躍する蟹工船は、この鱈場蟹を獲り缶詰に加工する船のことだ。

水中も同じ速さで蟹遁(に)ぐる　右城暮石

―海月(くらげ)―　海月は口と肛門が同じ!?

水母(くらげ)　水海月(みずくらげ)　蛸水母(たこくらげ)　行燈水母(あんどんくらげ)　越前海月(えちぜんくらげ)　備前海月(びぜんくらげ)　幽霊水母(ゆうれいくらげ)

体はゼラチン質で、半円球に近い傘があり、その下に多くの触手を持って捕食生活をしている海月。白色のもの、赤みがかったものなど種類が多く、色や形は様々だ。淡水または海水中に生息し浮遊生活をしている。毒針で、泳いでいる人を刺す電気海月(カツオノエボシ)もいる。オーストラリアの近海などにいる「キロネックス」は地球上でもっとも毒性が強く、刺されると数分で死に至るという。また、粕漬けや中華料理の材料になる、備前海月(直径約一メートル)や越前海月(直径約五〇センチ)はジャンボ海月である。

海月は触手で獲物を弱らせてからゆっくり口に運ぶ。口に入れたものは体内で消化吸収されて食べカスは再び口から排出する。人間にたとえれば口と肛門が一緒なのだ。口の周りでしっかりと味を感じているという。まさか排出時は味わっていないだろうが……。珍しいことやあるはずのない物のたとえとして、「海月の骨」という。

夜もなほ海月と軍靴ただよへり　有馬朗人

一海鞘（ほや）一　大人になると一生動かない！

ほや　保夜（ほや）　老海鼠（ほや）　真海鞘（まほや）　赤海鞘（あかほや）　白海鞘（しろほや）　黒海鞘（くろほや）　烏海鞘（からすほや）

海鞘はホヤ目に属する原索動物の総称。海産で汽水にも生息し、各地の浅海の岩礁域に分布しているが、三陸海岸が名産。直径一〇～一五センチの卵形または球形で、外の皮が厚くいぼ状の突起があり、体の下端で他物に付着する。上端には入水孔（口）と出水孔（排出孔）とがあり、プランクトンを食用として水とともに吸いこむ。SF映画に登場するようなその形から「海のパイナップル」とも呼ばれている。幼生はオタマジャクシの形で、尾に脊索（せきさく）（原始的な背骨のようなもの）をもち、自由に泳ぐが、二～三日もすると変態して成体になり、脊索を失ってしまう。岩に張り付いて一生動かなくなってしまうのだ。真海鞘、赤海鞘などが食用になる。初夏が旬で、香りが強く、ミネラルが豊富。身を取りだして生のまま酢のものにして食べる。夏の季語だが、古くは冬の季語ともされていたという。日本では太古から食べられていたらしいが、海外では韓国、チリ、フランス以外ではあまり食べないようだ。

酒に海鞘火の気なき炉に顔寄せあひ　　石川桂郎

―蛾―

蛾（夏）と蝶（春）は何が違うのか？

火蛾　灯蛾　火取虫　燭蛾　大蛾　白蛾　火蛾の舞　雀蛾　灯蛾乱舞　山繭　天蚕

蛾と蝶の違いは多く次のようにいわれる。蛾は「一般的に翅の模様は地味で、触角は羽毛状だったり複雑で、胴体は長く、夜にバサバサ飛んで止まる時は翅を屋根型に伏せる」。さらには「気持ち悪くて、毒があってかぶれる」。いっぽう、蝶は「翅が美しく、触角が棍棒状で、胴体が細く、昼間にヒラヒラ飛んで、止まる時は翅を立てて背中側に合わせる」。「蛾は嫌だが、蝶はきれいで、触っても平気」とも。

しかしこれらはすべて俗説で、蛾と蝶の生物学的区別はほとんどない。俳句では「蛾」が夏の季語で「蝶」は春の季語になってはいるが、両者ともに昆虫の中の鱗翅目に属する。シロチョウ科やスズメガ科といった分類はあるが、これは仲間分けにすぎない。世界には三〇万種の鱗翅目がいるものの、そのうち蝶はわずか一万種。残りのすべては蛾だという。フランス語ではどちらも「パピヨン（papillon）」、中国語ではどちらも「胡蝶」という美しい名前で呼ばれている。

白蛾来る女わづかな酒に酔ひ　　尾形不二子

―蛍(ほたる)―　蛍が源氏と平家に分かれているのは?

蛍合戦(ほたるがっせん)　源氏蛍(げんじぼたる)　平家蛍(へいけぼたる)　蛍狩(ほたるがり)　蛍籠(ほたるかご)　初蛍(はつぼたる)　恋蛍(こいぼたる)　蛍火(ほたるび)　草蛍(くさぼたる)　夕蛍(ゆうぼたる)　流蛍(りゅうけい)

蛍はホタル科の昆虫。「ほ」は「火」を意味している。日本には約五〇種類の蛍がいて、よく光るのは一〇種ほど。さまざまな伝説があり、その一つは源頼政の怨霊とするものだ。頼政は平家追討のため挙兵したものの、失敗。宇治平等院で自害してしまう。その命日に怨霊となった蛍が集まって、弔い合戦を挑むという蛍合戦の伝説が生まれた。じつは生殖のために集まって乱舞しているだけなのだ。

源平の戦いが蛍伝説の根底にあり、そこからよく知られている源氏蛍と平家蛍が生まれたようだ。源氏蛍は大型で体長一五～二〇ミリほどで、四秒に一回光り、平家蛍は小型で体長は七～一〇ミリで、二秒に一回光る。両者にはDNAレベルの違いがあり、数百年前に分かれたという。

光り続ける蛍に熱はなく、ほとんどは幼虫の時からよく光る。汚染されていない水にしか生息できないため、見る機会がめっきり減ってきている。

ゆるやかに着てひとと逢ふ蛍の夜　　桂　信子

天道虫（てんとうむし/てんたうむし）——中にはワルもいる

瓢虫（てんとうむし）　てんとむし　ひさごむし

天道虫はテントウムシ科の甲虫で、種類が多く、球を半分にした形のかわいらしい小虫。体の表面には光沢があり、黒、赤、黄などの斑紋がある。保護色の多い虫の中で、なぜあんなに派手な色なのかというと、天道虫は危険を感じると、足の付け根あたりから黄色くて嫌な臭いの液体（有毒のアルカイドを含んでいる）を出す。天道虫の敵の鳥にとっても嫌な臭いで、苦みも強いらしい。この派手な色で毒があることをアピールし、逆に身を守る術にしているようだ。多くの天道虫は益虫で、農作物を荒らすアブラムシなどを食べてくれ、「生きた農薬」とも呼ばれる。

だが、左の句の「てんとう虫だまし」は二十八星天虫（にじゅうやほしてんとう）ともいわれ、酷い害虫である。光沢のない淡い褐色の背中に二八個の黒っぽい星がある。繁殖能力も高く、集団でナスやジャガイモ、キュウリの葉やトマトの葉っぱまで食べに進出してくる。捕捉しようとするとスルッと転げ落ち、成虫のまま越冬するという厄介者だ。

ころげ落ちて見えずてんとう虫だまし　　上原三川

―水馬(あめんぼ)― あめんぼの大半は陸上生活！

水馬(あめんぼう)　みづすまし　水蜘蛛(みずぐも)

あめんぼはカメムシ目アメンボ科の昆虫。体長は五〜三〇ミリ。名前の由来は焦げた飴のような臭いがするため。水上での自由闊達な動きは水の表面張力を利用している。全身には水をはじく細かな毛が密生し、六本の足の中でもとくに足の節と、後ろ足の下半分は防水性の毛が層を成していて、この部分だけが水に触れるようになっている。水上を器用に滑走しているが、じつはあめんぼの水面での生活は主に食事と交尾に充てられている。水面に落ちて来る小さな虫を捕獲したり、水中に卵を産みつける時だけで、それ以外の時間の大半は陸上生活。敵の多い陸では葉陰などに隠れているので姿を見かけることが少ないだけなのだ。

複眼が水中と空中を別々に見られる鼓虫(まいまい)（夏の季語）を「水澄まし」というので、まぎらわしい。こちらは卵円形ないし紡錘形で腹面は平たく、形があめんぼと全く違う。しかし関西ではあめんぼのことを「みずすまし」というのでややこしい。

あめんぼうの如く浮世にばらまかれ　　行方克巳

一蟬一　芭蕉の名句の蟬は何蟬？

初蟬　蟬時雨　油蟬　にいにい蟬　みんみん蟬　熊蟬　蝦夷蟬　啞蟬　秋 蜩　法師蟬

掲出句は山形県の立石寺（山寺）での作。芭蕉はこの句に至るまで三回推敲を重ねている。「山寺や石にしみつく蟬の声」「さびしさの岩にしみこむ蟬の声」「さびしさや岩にしみこむ蟬の声」の果てに生れた名句だ。

この句をめぐって昭和の初期に、漱石の弟子の文芸評論家・小宮豊隆と歌人の斎藤茂吉の二人の間で大論争が起きた。芭蕉が山寺を訪ねたのは旧暦の五月二七日（新暦七月一三日）。小宮説は梅雨明けに鳴く「にいにい蟬」で、斎藤はポピュラーなジイジイと鳴く「油蟬」を主張し、現地に二度も足を運んだ。その結果、小宮の「にいにい蟬」説に同意し、それが定説になった。ただし、このときの蟬の数が単数なのか複数なのかは、今もって決着がついていないようだ。

なお、啞蟬は鳴かない雌蟬のこと。また、「つくつく法師」「蜩」は秋の季語になっているので注意。

閑かさや岩にしみ入る蟬の声　芭蕉

—蝿(はえ)　はへ—

蝿はなぜ前足をこするのか？

青蝿(あおばえ)　銀蝿(ぎんばえ)　金蝿(きんばえ)　家蝿(いえばえ)　黒蝿(くろばえ)　縞蝿(しまばえ)　蝿取(はえとり)リボン　蝿取(はえとり)　蝿(はえ)つるむ

蝿は種類が多く、伝染病を媒介するほか、家畜や農作物に害を与えたりもする。いわば、最も嫌われている五月蝿(うるさ)い昆虫である。その体は特殊な構造で、特に前足は興味深い。足の先からは粘着質の分泌液が出るため、天井や壁、ガラスなど、どこにでも自由に止まることができる。食べ物が豊かで天敵もいない人間の生活空間は居心地抜群なのだ。当然のように「蝿叩」「蝿除(はえよけ)」「蝿帳(はえちょう)」「蝿覆(はえおおい)」「蝿入らず」「蝿捕器」などの季語も生まれる。

蝿も口から食べるが、足の先でも味と匂いを感じることができる。いわば舌と鼻の機能があるため、足がゴミなどで汚れていると機能を果たせない。そのため、ゴミなどを払い落とす必要があり、前足をこすっているのだ。蝿にとっては生きていくうえでの大切な行為になる。また、蝿は後ろ足では器用に羽の手入れもしている。なお、「蝿生(うま)る」は春の季語。

やれ打つな蝿が手をすり足をする　一茶

―蚊(か)―　蚊が好むのはどんな人？

藪蚊(やぶか)　縞蚊(しまか)　赤家蚊(あかいえか)　山蚊(やまか)　蚊柱(かばしら)　昼の蚊(ひるのか)　蚊を打つ(かをうつ)　春　春の蚊(はるのか)

すべての蚊が刺すわけではなく、人を刺すのは、高タンパク質を必要としている産卵期に入った雌の蚊だけ。雄は花の蜜や果汁からエネルギーを摂取していて、交尾後すぐに死ぬ。人は呼吸をしているとき、二酸化炭素を吐き出すが、吐き出された二酸化炭素や汗などと共に排出される「乳酸」を嗅ぎ分けて、蚊は人に近寄るらしい。

血液は、その型によって匂いが違い、実験の結果、蚊に刺される確率はO、B、A
B、Aの順に高い。O型の血液の糖物質は、蚊の好む花の蜜のような香りがするとか。一回に吸える量は自分の体重ほど。吸ったあとは体重が二倍になり、動きも鈍くなるので叩きやすい。狙われやすい場所は足、手、顔の順番。また太り気味の女性で、汗をかきやすい人、飲酒後で二酸化炭素の排出量が多い人、黒服を着ている人、基礎代謝が激しく体温の高い赤ちゃんが蚊の餌食になりやすい。しかし、足首から足の裏を石鹼でよく洗うと刺されにくいということが、高校生によって発見されている。

すばらしい乳房だ蚊が居る　尾崎放哉

一蟻(あり)一　雨が降っても蟻の巣が水浸しにならないわけ

蟻(あり)の道(みち)　蟻(あり)の列(れつ)　蟻(あり)の塔(とう)　蟻塚(ありづか)　蟻(あり)の巣(す)　蟻(あり)の国(くに)　蟻走(ありはし)る　大蟻(おおあり)　山蟻(やまあり)　黒蟻(くろあり)

蟻はもともと雨の影響の少ない場所を選んで巣作りをする。比較的高い場所、大きな石の下、覆いのある場所や、人家なら軒下や縁の下だ。巣穴の入口は小さく、かなりの大雨でも巣に流れ込む雨量は少ない。また入口を塞ぐこともあるという。巣の深さは四メートルもあるものも。細かく枝分かれしていて、卵や食べ物を貯蔵している場所には水が入らない構造になっている。たとえ水没することがあっても、逃げ場を失った空気が巣のあちこちにたまるように造られていて、わずかな空気で数日は生きられるのだそうだ。

蟻の行列をよく見かけるが、まずは食べ物を最初に発見した蟻が自分が持てるだけの食料をくわえて巣に運ぶ。このとき歩きながら地面にお尻の分泌腺から匂い（フェロモン）を残して行き、それに気付いた蟻が次々と食べ物に行き着き、行列ができあがっていくのだという。

蟻走るいざ鎌倉とばかりかな　　石塚友二

蟻地獄（ありじごく）

蟻地獄は前に進めず、二年間もうんこをしない

擂鉢虫（すりばちむし）　あとずさり　あとさり虫（むし）

蟻地獄は、薄翅蜉蝣（うすばかげろう）の幼虫のことをいう。体長約一センチメートル。土灰色で細かい棘があり、泥粒を纏っている。砂地など、乾いた地面に頭で土をはね飛ばし、渦巻状に後ずさりしながら、きれいなすり鉢状の穴をつくってその底にひそんでいる。落下した蟻や虫などを捕え、体のわりに大きな鉤形のあごがあり、それを使って食べる。地上に出すと、前には進めず後退ばかりするので、「あとずさり」「あとさり虫」という異名がある。

獲物が落ちて来ると、消化液を注入し、その中身をどろどろに溶かして体液を吸う。獲物にありつけない日が長いせいか、蟻地獄はほとんどうんこをしない。お尻の穴はほぼふさがっており、ひと月ぐらいは何も食べずに生存できる。薄翅蜉蝣の幼虫の時期は二年間ぐらい。成虫（薄翅蜉蝣）になる羽化期に、たまったうんこを出し切ってスッキリ飛び立つが、「かげろう」の名のとおり一夏もたずに死んでしまう。

蟻地獄見て光陰をすごしけり　川端茅舎

—ごきぶり—「一匹いたら一〇〇匹いると思え」は本当？

油虫(あぶらむし)　御器齧(ごきかぶり)　御器噛(ごきかぶり)

ごきぶりは三億年以上前、恐竜より前から生存し、雑食性で、夜行性。家中どこにでも姿を現す。黒褐色で長い触角を持ち、油を塗ったように光っているので「油虫」ともいわれる。体がスリムで体重は軽く、足が長く、筋肉も発達していて逃げ足が速い。食器類をも噛むことから「御器齧」「御器噛」と呼ばれることもある。

家の中で一匹見たら、数十～数百匹潜んでいると思って間違いないだろう。種類で多少違うが驚異の繁殖能力があり、一匹の雌は一年半ほどの寿命の中で、一回につき二二～二八個の卵を、一五～二〇回も産卵するという。平均すると雌一匹が三〇〇匹以上に増えるのだ。卵を抱えた雌は警戒心が強く、暗がりに潜んでいるので、実際に見るのはほとんどが雄で、集団生活をしている。寒冷地や北海道には見られなかったが、近年、北海道にも棲みついている。北海道も家の中は暖かく、彼らには快適なようだ。段ボールなどに潜んで渡ったのだろうか。

命令で油虫打つ職にあり　守屋明俊

一 蚤（のみ） 一　驚くべき蚤の跳躍力とその秘密

蚤（のみ）の跡（あと）

人につく人蚤のほか、犬蚤、猫蚤、鼠蚤、蝙蝠蚤までいる。雄は体長二〜三ミリで、雌は体長三〜四ミリ。いわゆる「蚤の夫婦」である。雌雄ともに吸血性で、哺乳類や鳥類に寄生するが、ネズミからペスト・発疹熱を媒介する種類もいる。

　翅はないものの、その跳躍の高さは約三〇センチ、飛距離は三〇〜四〇センチもあるという。自身の体長のおよそ六〇倍から一〇〇倍を跳ねることができ、飛距離も約一〇〇倍以上。人間にしてみれば身長一七〇センチメートルの人が一〇二〜一七〇メートルジャンプし、距離もほぼ同様に飛んでしまうという計算だ。

　この跳躍力の秘密は、足の付け根にあるゴム状の「レジリン」という伸縮性の強いタンパク質。ここにエネルギーを蓄え、瞬時に放出する。蜂もまた一生のあいだに五億回以上羽ばたくといわれるが、翅のつけ根にあるのがそのレジリン。この強力なタンパク質のおかげで摩耗することなく飛びつづけることができるのだという。


蚤も亦世に容れられず減りゆけり　　藤田湘子

—蜘蛛(くも)— 蜘蛛の糸はスーパーファイバー!?

蜘蛛の巣(くものす)　女郎蜘蛛(じょろうぐも)　蜘蛛の太鼓(くものたいこ)　蜘蛛の子(くものこ)　蜘蛛の囲(くものかこい)　袋蜘蛛(ふくろぐも)

蜘蛛は種類が多く、日本だけでも一〇〇〇種類以上もいる。その糸の主成分はタンパク質だが、直径はわずか一〇〇〇分の五ミリほど。蜘蛛の腹部には糸の原料の液体があり、それを腹部から迅速に噴出し巧みに巣を作るが、その時の化学変化の違いによって、縦糸、横糸、牽引糸に分類される。牽引糸とは、蜘蛛自身の体を支えるために使う糸で、自重の約二倍を支える強度があるという。

縦糸と牽引糸には、ベータシートと呼ばれる結晶が多く含まれ、丈夫で硬い。一方、横糸にはベータシートがなく、ほとんどらせん状になっているため、伸縮性があり柔らかく、さらに粘着性のあるコブがあり、獲物を逃しにくくなっているという。蜘蛛の多くは益虫だが、精悍で無気味。

夏に雌蜘蛛が孕み、大きな卵嚢をさげている様子を「蜘蛛の太鼓」といい、それが破れて多数の蜘蛛の子が飛び出す様を「蜘蛛の子を散らす」という。

鉄階にいる蜘蛛智慧をかがやかす　赤尾兜子

百足虫(むかで)

百足虫の足は本当に百本?

蜈蚣(むかで)　百足(むかで)　赤蜈蚣(あかむかで)　赤頭蜈蚣(あかずむかで)　青頭蜈蚣(あおずむかで)　百足虫(むかで)の子(こ)

百足は頭部に一対の触角と毒顎を持つ。足は胴についているが、一対の足を両側に持つ胴節が多くある。足の数は、胴節が少ないもので一五、足は三〇。多いものでは胴節が一七七。足は何と三五四本もある。が、ちょうど百というものはいないらしい。夜行性で小動物を食べ、昼間は石や枯葉の下に潜む。

日本には、体長一〇〜一五センチで背が黒く頭が赤褐色の鳶頭蜈蚣(とびずむかで)や、それより小さくて背も頭も青黒い青頭蜈蚣(あおずむかで)などが多くみられるが、約一五〇種いるといわれる。毒は酸性で噛まれると痛みがあって腫れるが、命にかかわることはない。中にはごきぶり、家ダニを捕食してくれるものもいるという。

百足の親戚にヤスデがいるが、漢字は「馬陸」と書く。「円座虫」「銭虫」とも呼ばれ夏の季語だが、この中には七一〇本の足を持つものもいる。げじげじも似ているが足は一五対三〇本。「蚰蜒」と書き、夏の季語。

百足虫ゆく畳の上をわるびれず　和田悟朗

―蝸牛(かたつむり)―　目は見えずとも力持ち

かたつぶり　でで虫(むし)　でんでん虫(むし)　まひまひ　まひまひつぶり

蝸牛は腹足類の軟体動物で、陸に棲む巻貝の一種。正式名は「マイマイ（舞々）」。湿気の多い時、木や草に這い上がり雨露を舐め、若葉や野菜、果実を食べ、害を与えることも。五～六層からなる螺旋形の殻を背負うが、日本にいるほとんどは右巻き。頭に二対の角がある。その長い方の先端に目があるものの、一〇センチ先もほとんど見えず、明暗をわずかに察知する程度。他の貝類と同じく、柔軟な体をすっぽりと殻の中にもぐらせることができる。日本に約七〇〇種類いるが、食用になるものもある。

一匹で雄と雌の両方の器官を備えている雌雄同体で、相手が見つかれば交尾し、互いに精子を交換する。それぞれが一〇日後ぐらいに頭の先で土を掘り、その中に三〇個ほどの卵を産む。一月ほどで卵の殻は割れ、しっかりと、殻を背負って歩きはじめる。成長するにつれ殻の巻きは増え、大きくなっていく。一分間に九センチほどしか歩かないが、自分の五〇倍の重さのものを引っ張れるという。

風ここに変り虚(うつせ)のかたつむり　　柚木紀子

蛞蝓（なめくじ）――かつては蛞蝓にも殻があった！

なめくぢり　なめくぢら

蛞蝓も蝸牛も同じ巻貝の仲間で、どちらも雌雄同体。蛞蝓は進化の過程で、殻が退化してしまい、今のような姿になったと考えられている。体を保護し、乾燥を防ぐ殻を捨ててしまったのは、殻を作るためには多量のカルシウムが必要になり、カルシウムを得にくい場所では、繁殖しにくく、絶滅してしまうためだという。そこで殻を捨てて身軽になり、粘膜で体を被い、広い生息域を獲得したといわれる。そのためにつねに湿気の多い場所が必要となる。一部の種類には外からはわからないが、殻の痕跡の甲羅を持っているものもある。

蛞蝓は、体内の九〇パーセント以上が水分でできている。水以外は体内に取り入れない構造になっているため、塩をかけると体内の水分が塩によってにじみ出てしまう。その結果、致命的な脱水症状になり、体が縮んで溶けたように見える。塩ではなく、砂糖や重曹をかけても、やはり小さくしぼんでしまう。

蛞蝓といふ字どこやら動き出す　　後藤比奈夫

―柘榴（ざくろ）の花（はな）―　紅一点とは何の花？

花柘榴（はなざくろ）　柘榴咲く（ざくろさく）　秋　柘榴（ざくろ）

「紅一点」とは、柘榴の花から生まれた言葉。北宋の政治家・王安石の「詠石榴詩」の一節、「万緑叢中紅一点　動人春色不須多……」（一面草が茂る中、真赤な花が一輪。これだけで春の気配が漂い、人を感動させる）から採ったものである。柘榴は梅雨時の花が少ない時期、緑の中に緋色をちりばめるように鮮やかに咲くのが印象的だ。実がならない八重咲きが多く、白、淡紅、朱などの種類がある。

さらに詩の中にある「万緑」という言葉から、有名な中村草田男の句「万緑の中や吾子（あこ）の歯生え初むる」が生まれ、この一句の力によって「万緑」が季語に定着した。

柘榴そのものは秋の季語。その実を食べると口が赤くなるが、鬼子母神が赤子を食べているという訴えを聞いた仏陀は、鬼子母神に柘榴を与え、「赤子を食べたつもりになれ」と戒め、それ以降、赤子が食べられることはなかったという。

花柘榴また黒揚羽放ち居し　　中村汀女

―バナナ―　なぜバナナの皮は茶色になるのか？

バナナむく　バナナの香　青バナナ

バナナは熱帯・亜熱帯地方で広く栽培されている最もポピュラーな果物の一つで、ビタミンB1、B2、C、カロテン、鉄、カルシウムなど栄養価が高く、安価で買いやすい。デリケートな果物なので保存には一〇～二五℃くらいがいいという。バナナは皮に茶色の斑点が出始めるころがおいしい。この斑点は「シュガースポット」と呼ばれ〝おいしい〟のサインだ。茶色になるのは自らの体内で生産放出するエチレンガス（成熟ホルモン）の影響。これが果実を熟成させ甘みを増してくれる。しかし、その斑点が広がって全体が茶色になると熟しすぎである。

買ったまま袋に入れておくと熟すスピードが速まるので、一本ずつ分けておいた方がいいという。バナナの場合、通常の栽培方法であれば、農薬などの有害物質が浸透するのは、房の元から果肉も含め一センチほどのところまで。そこまでを切り落として食べればより安全だ。

南溟に果てし友の忌バナナ熟れ　大久保白村

―仙人掌の花― サボテンに棘があるのは

覇王樹　月下美人　女王花　花さぼてん

サボテンは南北アメリカ大陸が原産。砂漠で生きてきたため、水分を蒸発させないように葉を持たず、表面がロウのような厚い角皮で覆われている。扁平、円柱、楕円などさまざまな形がある。花の色も赤、橙、黄、紫などがある。

サボテンの棘は葉が変形したものといわれている。動物から身を守ったり、運ばれた先で根付く手段であったりする。しかし、何よりも冷却装置の役目を担っていて、日差しを散乱させ、表面温度を下げているのだ。体全体を覆うほど発達した棘は、砂嵐から身を守る役割も果たしている。棘を全部とってしまうと、サボテンの表面温度は一〇℃も上がるともいわれる。

さらに、棘には空気中の水分を露として凝結させる機能もあるため、霧などが発生すれば、雨が降らなくても大丈夫なのだ。

花言葉は「燃える心」「偉大」「暖かい心」「枯れない愛」。意外にプレゼント向き？

誰が死んでも仙人掌仏花にはならず　長谷川久々子

―胡瓜(きゅうり)(きうり)―　胡瓜はどのようにして人気者になったのか？

胡瓜(きゅうり)もぐ　青胡瓜(あおきゅうり)　胡瓜(きゅうり)もみ　胡瓜(きゅうり)の花(はな)

「キュウリ」の呼称は、漢字で「黄瓜」と書いていたことに由来する。日本では平安時代から栽培されていたが、完熟した後の胡瓜は苦みが強く、嫌われていたようだ。貝原益軒も「是瓜類の下品也。味よからず。かつ小毒（苦み）あり」とさんざんに書いている。しかし、江戸は百万都市で、生鮮野菜が不足していた。そこで埋立てが盛んになり、耕作地が増え、まだ肥えていない土地でも育ちやすく、しかも生長が非常に早い胡瓜は便利な野菜だった。

品種改良を助けたのが、大都市の廃棄物である人の糞尿だ。絶好の肥料にも恵まれ、庶民に喜ばれるように改良され、幕末からは人気野菜になった。成分の九五パーセント程度が水分で、栄養価は低いが、熟す前の歯応えとすっきりとした味わいが好まれ、暑い夏の水分補給にもなる。棚を作らず、地面に這わせて作るのは「這え瓜」「地這い胡瓜」などと呼ぶ。

斗酒ありや日暮れて胡瓜刻む音　尾崎紅葉

―メロン― アンデスメロンは「アンデスのメロン」ではない!

マスクメロン　プリンスメロン　アンデスメロン　夕張(ゆうばり)メロン

メロンはウリ科の一年草で、原産地はエジプト。ヨーロッパで品種改良されたものが明治初年に日本に導入され、露地物はマクワウリなどとの交配で戦後に普及した。「果物の王様」の別名もあるが、西瓜(すいか)と同じく野菜の一種。

アンデスメロンは原産地が南米のアンデスというわけではなく、じつは日本生まれ。メロンは虫がつきやすく、生長が難しいため高価な野菜だった。「どうしても丈夫な品種を」と、品種改良に切磋琢磨し、その夢をかなえたのが種子メーカーの坂田農園(現・サカタのタネ)。もう害虫の心配はないから「アンシンデスメロン」という名にしようとしたが、どうも夢のない名前なので、「アンデスメロン」に決定したという。もう一つのヒット作が夕張メロン。こちらはいうまでもなく北海道夕張市が原産地。果肉が赤いが、これはメロンとカボチャを掛け合わせて誕生したもの。カロテンが含まれ、栄養価が高く、甘みもあり、代表的なメロンとなっている。

メロンの香匙すべらせて老い兆す　原田種茅

茄子(なす)――茄子をめぐる二つの諺

なすび　長茄子(ながなす)　丸茄子(まるなす)　賀茂茄子(かもなす)　白茄子(しろなす)　青茄子(あおなす)　茄子汁(なすじる)　初茄子(はつなすび)

茄子はインド原産で、暑さに強い。種類が多く、煮つけ、茄子汁、油いため、焼き茄子、さらには漬物にしてもおいしい。水不足にならないように栽培すると長期間楽しめる。そんな点から「親の意見となすびの花は千に一つも無駄はない」と、親から小言のたびに聞かされた人も多いだろう。茄子の花は淡い紫色で、下向きにくっきりした星の形だ。「親の意見」はともかく、咲いた花の中には落花してしまうものもある。夏の終わりに枝を切り返すとおいしい秋茄子が生(な)る。

また「秋茄子は嫁に食わすな」ともいわれるが、一般的には「秋茄子は美味しいので嫁に食べさせるのはもったいない」という姑の意地悪な気持ちを表しているという解釈がある。いっぽう、「茄子は体を冷やすので、出産を間近に控えたお嫁さんの体を冷やさないように」という、お嫁さんを気遣う言葉だともいう。真逆の意味を持っている慣用句というのが面白い。

茄子の紺ふかく潮騒遠ざかる　木下夕爾

—トマト—「トマトが赤くなると、医者が青くなる」理由

蕃茄（あかなす） 赤茄子（あかなす） 蕃茄熟（あかなすう）る トマト畑（ばたけ） トマトもぐ

トマトはメキシコを中心に栄えたアステカ人の言葉「トマトゥル」（膨らむ果実）に由来していて、ここが原産地になる。一六世紀にメキシコを征服したスペイン人がヨーロッパに広めたが、当初は観賞用だった。日本でも食用栽培がはじまったのは明治の末になってからのこと。

真っ赤なトマトにはグルタミン酸、アスパラギン酸をはじめ栄養がいっぱい。中でも注目されているのが抗酸化作用を持つリコピン。トマトの色はこのリコピンの赤である。「トマトが赤くなると、医者が青くなる」といわれているほどだ。老化や動脈硬化、がんなどの生活習慣病を予防すると注目されている。リコピンの抗酸化作用は強力で、β－カロテンの二倍、ビタミンEの一〇〇倍ともいわれる。リコピンは生食より、ジュースやケチャップなどの加工品や調理されたもののほうが二～三倍、効率的に吸収しやすいといわれている。

二階より駈け来よ赤きトマトあり　　角川源義

玉葱むく

―玉葱―　涙を流さずに切る方法

玉葱は中央アジア原産で、明治初年に渡来した。直径は平均で約九センチ、厚さ約六センチの扁平な球形。貯蔵がきき、四季を通じて食用できる。黄、赤、白の三種類が主で、夏に収穫。特異な刺激性の臭気があり、刻むと涙が出る。涙を流させるのは玉葱の細胞にあるアリルプロピオンという催涙物質だ。蒸発しやすく、細胞が壊されると、空中に飛び散る。それを防ぐ方法をいくつか紹介しよう。

玉葱を冷蔵庫で一〇分から一五分ほど冷やしておくと、催涙物質は蒸発しにくい。よく切れる包丁で手早く切り、水の中にさっと入れると、この物質は水に溶けて涙は出なくなる。近くに湯気の立つお湯を置くと、その湯気が玉葱から気化物質を抜き出す。コンタクトレンズやスイミング用のゴーグルももちろん役に立つ。

ハウス食品が、催涙成分生成が抑えられた玉葱「スマイルボール」の開発に成功。すでに北海道栗山町でその生産が始まっている。

戦争をよけてとほりし玉葱よ　八田木枯

―昆布(こんぶ)―　昆布の出汁(だし)は海中に溶け出さないのだろうか？

ひろめ　長昆布(ながこんぶ)　花昆布(はなこんぶ)　真昆布(まこんぶ)　昆布干(こんぶほ)す　昆布刈(こんぶが)り　昆布舟(こんぶぶね)

昆布は海藻のうちでは最も大きく、長さは二〜三メートルに達する。春に発芽して真夏に生長したものを採取する。北海道や三陸海岸が主な産地。昆布の細胞膜には「選択透過性」といわれる仕組みがあり、生命を保つのに不要な物質は外に出すが、必要な物質は外に出さない。この選択透過性によって、出汁のうまみ成分であるグルタミン酸が細胞の中に留まっている。ちなみに海に泳いでいる魚が塩漬けにならないのも、同じ選択透過性の作用によるものである。料理で出汁を取るのはすでに死んでいる昆布。細胞膜の選択透過性はすでに失われ、煮込んでいるうちに、グルタミン酸が外に溶け出しておいしい出汁となる。

グルタミン酸のほか「アルギン酸」「フコイダン」といった水溶性食物繊維も含まれ、それらはコレステロール値の上昇を防ぐという。またミネラルも豊富で、牛乳の約二三倍、カルシウムは約七倍、鉄分は約三九倍ともいわれる。

昆布長し光ひきずり来て干せば　　神原栄二

秋

秋の航一大紺円盤の中　　中村草田男

秋は金秋、白秋、素秋、白帝、三秋、九秋（秋の九〇日間）の呼び方がある。
三秋は初秋・仲秋・晩秋で、次のように区切られる。
・初秋　立秋（八月七日頃）から白露（九月七日頃）前日まで。
・仲秋　白露（九月七日頃）から寒露（一〇月八日頃）前日まで。
・晩秋　寒露（一〇月八日頃）から立冬（一一月七日頃）前日まで。

二四節気（太陽の動きを二四等分したもの。それぞれの間は約一五日）
・立秋（八月七日頃）　涼風が吹き、秋の気配を感じ、この日から秋になる。
・処暑（八月二三日頃）　天地が澄み、暑さが一段落。稲が実りはじめる。
・白露（九月七日頃）　草に露が下りて、白くなる。燕が帰り、雁が来る。
・秋分（九月二三日頃）　虫すだく秋彼岸の中日。昼夜の長さがほぼ同じになる。
・寒露（一〇月八日頃）　少しひんやりとし、露が寒さで霜になり、菊が咲く。
・霜降（一〇月二三日頃）　晴天が続き初霜が降り、冬支度がはじまる。

一月一　「月」はなぜ秋の季語になっているのか？

秋の月　月の秋　月夜　弦月　月光　月影　月白　夕月夜　遅月　初月

春を代表する季語は「花」だが、秋は「月」。月は四季それぞれに趣が異なるが、湿度が急に下がり、空が清らかに澄む秋には、月はことさら明るく、そのさやけさは格別である。また月を仰ぎつつ、そこはかとない寂しさや安らぎを覚え、物思いにふけるのは、日本人古来の感性なのだろう。

新月から順にそれぞれの月が季語となる。「上り月（上弦の月）」「二日月」「三日月」「夕月」「待宵（小望月）」と続き、「名月」すなわち「満月」となり、その日は「良夜」ともいわれる。月が出ない夜は「無月」で、雨が降れば「雨月」になる。月の出は年平均で毎日約五〇分ずつ遅くなるが、名月の頃はこの間隔がぐんと短くなり、前日から約三〇分遅れで昇ってくる。それを待ちわびる心をこめて「十六夜（「ためらう」意味が含まれている）」「立待月」「居待月」「寝待月（臥待月）」「更待月（二十日月）」と続く。秋の月の満ち欠けのみが季語となり、詠み継がれている。

月天心貧しき町を通りけり　蕪村

—天の川(あまがわ)— 天の川も、星月夜も流れ星も秋の季語

銀河(ぎんが)　銀漢(ぎんかん)　雲漢(うんかん)　天漢(てんかん)　河漢(かかん)　星河(せいが)　銀河の夜(よ)　図冬銀河(ふゆぎんが)

俳諧の時代以来、独立した季語になっている「天の川」だが、もともと七夕伝説とも結びつき、万葉のころから詩歌に多く詠まれている。銀河系の渦巻の縁辺が、地上からは天上を流れる川のように見えることから命名された。古代中国では、天の川は漢水（長江最大の支流）の気が天にのぼってできたと考えられ、「銀漢」「河漢」とも呼ばれていた。日本でも古くからこれを天上の川とみていたと想像される。

北半球では一年中見られるが、春は低い位置にあり、冬は真上だが光が淡い。夏と秋の交わるに時期に天頂に来て、とくに明るく美しい。銀河を川に見立てることは世界共通で、ギリシア神話では女神ヘラの乳が迸(ほとばし)ってできたといわれ、「ガラクシアス（乳の川）」と呼んだ。英語の Milky Way はこれに由来している。

「星月夜」は星明かりの夜のことで、月明かりのない夜の満天の星は格別である。「流れ星」も四季を通じて見えるが、八月半ばごろ最も多いといわれる。

荒海や佐渡に横たふ天の川　芭蕉

台風（たいふう）

台風、ハリケーン、サイクロンの違いは？

颱風（たいふう）　台風圏（たいふうけん）　台風の眼（め）　颱風裡（たいふうり）　颱風来（たいふうらい）　颱風禍（たいふうか）　豆颱風（まめたいふう）

おもな違いは発生場所と風速の二点になる。台風は北西太平洋や南シナ海で発生し、中心付近の最大風速が毎秒一七・二メートル以上の熱帯低気圧。日本やアジア東部に被害をもたらす。台風圏は直径一〇〇〇キロに及ぶこともあり、その中心の台風の目は二〇〜二〇〇キロの比較的風の弱い地帯になる。

ハリケーンは北大西洋、カリブ海、メキシコ湾や北太平洋東部で発生し、中心付近の最大風速が毎秒三二・七メートル以上の熱帯低気圧。メキシコ湾沿岸に上陸すると大きな被害をもたらす。二〇〇五年八月には一五〇〇人以上の死者がでた。

サイクロンはインド洋、オーストラリア近海で発生し、中心付近の最大風速が毎秒一七、あるいは三三メートル以上（地域により異なる）の熱帯低気圧。インドやバングラデシュ、アフリカ南部などに被害をもたらす。ハリケーンやサイクロンの報道が少なく被害が甚大になるのは最大風速の違いによるものといえるだろう。

颱風の目ついてをりぬ予報官　中原道夫

新蕎麦(しんそば)

どうして「そば」といわれるのか?

秋蕎麦(あきそば)　初蕎麦(はつそば)　走り蕎麦(はしりそば)　図蕎麦掻(そばがき)　蕎麦湯(そばゆ)

「蕎麦の花」も秋の季語だが、その白い花が実になり、まだ青みを帯びた早なりの蕎麦粉で打った生蕎麦が「新蕎麦」である。一般に蕎麦の刈り入れは初冬。原産地は東アジア北部とされ、中国、朝鮮を経由して日本に伝わったのは古く、『続日本紀(しょくにほんぎ)』に記録がある。当時は脱穀した蕎麦の実を雑穀類と混ぜて粥にしたり、蕎麦餅にしたりして食べた。やせた土地でも早く育つため、飢饉にそなえる意味合いが強かったようだ。蕎麦切りが登場したのは江戸時代からになる。

そばの名は、「稜(そば)(物のかど)のある麦」を意味する古名「そばむぎ」に由来し、それが略されたとされている。蕎麦の実は三角錐の形をしていてかどがある。

蕎麦にはビタミンB1が多いが、有名な成分にルチンがある。毛細血管を強化し、高血圧、脳出血などの予防にもなるという優れものだ。ロシア、中国、ウクライナ、フランスが生産国ベスト4。ロシア人は日本人の約一〇倍の量を消費している!

新そば喰ふ息の太さよ信濃人　　加藤知世子

案山子（かがし）――案山子の名前はどこから？

かかし　捨案山子（すてかがし）

雀など鳥獣から稲や畑の農作物を守る闘いは、現代でもいろいろな工夫が行われ、止むことがない。竹や藁などで人形を作ったり、きらきら光るテープを張り巡らしたり、大きな鳥の形の凧（たこ）を飛ばしたりする。ガラガラ音を立てる「鳴子」、「鳥威（おど）し」、爆発音を使う「威銃（おどしづつ）」も秋の季語。

ときに鳥の死骸をぶら下げて威すものなどもある。もともとは焼いた髪の毛、油を沁み込ませた布、魚の頭、獣肉などを刺したり、焼き焦がした悪臭で鳥獣を恐れさせた。本来「カカシ」の語も、「嗅がし」の転じたものといわれている。

案山子の字の由来はあきらかではないが、一説によると、禅問答によく使われる「あんざんす」から来ているらしい。「子」は案山を強める接尾語。案山というのは背の低い山のことで、手前にあると奥の山が見えなくなってしまう。転じて、正しく心がけていないと見えるものも見えなくなってしまうといった意味になる。

あけくれをかたぶき尽す案山子かな　安東次男

―相撲―

相撲は本来、秋の神事だった！

角力　相撲節会　宮相撲　草相撲　勝相撲　秋場所　九月場所

記録では『日本書紀』に書かれた伝説、宿禰と蹶速の勝負が相撲の始まりだという。庶民の間で発達した原始的な相撲が、やがて宮中で七夕に豊凶を占う神事として行われる相撲節会となった。素人の宮相撲、草相撲、辻相撲も秋祭のころ行われる。室町末期になると職業力士が誕生し、やがて土俵も考案された。江戸時代には勧進相撲の隆盛をみて、両国にある寺の境内での興行、「回向院相撲の時代」が続いた。

力士は「一年を二〇日で暮らすいい男」などといわれていた。当時は春・秋の二場所のみで、合計二〇日間相撲をとれば暮らしていける意味だったが、実際は地方巡業やお抱えの大名家での御用などがあり、それほど優雅ではなかったようだ。

一九〇九（明治四二）年、国技館の開設を機に今日の相撲が確立。現在、本場所は年六回、各一五日間行われるほか、地方巡業などもある。季節感は薄れてきたものの、豊穣への祈りも込めた、神社境内での素人相撲は今も各地で盛んだ。

やはらかに人分け行くや勝角力　几董

一敬老の日一（けいろうのひ／けいらうのひ）

九月一五日が敬老の日になったのは？

敬老日（けいろうび）　翁敬う（おきなうやま）　年寄の日（としよりのひ）　老人の日（ろうじんのひ）

一九五一（昭和二六）年に制定された当初は「としよりの日」だったが、「としより」に抵抗を感じるということで、六四年から「老人の日」となり、これも何のための日かよくわからないということで、六六年には「敬老の日」となり、敬老行事が行われてきた。二〇〇一（平成一三）年の改正で、二〇〇三年から九月の第三月曜日に変更され、また、老人福祉法の改正により、二〇〇二年から九月一五日を老人の日、同日から二一日までを老人週間と定められた。愛鳥週間のように老人を愛してほしいというもの。ところで「老人」とは老人福祉法によれば六五歳以上の者。

仏教の慈悲精神に基づき、孤児・病人・貧窮者を救うために悲田院が設立された日にちなんで、九月一五日に設けられた。悲田院は七二三年興福寺に創建されたのが最初で、七三〇年には光明皇后が、皇后の家政機関とした。八世紀中頃には平城京の左右京に、また諸国、諸寺にも設けられた。

ロボットを遊び相手に敬老日　品川鈴子

―七夕（たなばた）―

七夕の日に竹飾りを立てるわけ

七夕祭（たなばたまつり）　七夕竹（たなばたたけ）　七夕流し（たなばたながし）　星祭（ほしまつり）　星合（ほしあい）　星の恋（ほしのこい）　星迎（ほしむかえ）　星今宵（ほしこよい）

中国には「乞巧奠（きっこうでん）」という書道、裁縫、芸の上達を願う星祭が古くからあった。それが「織女伝説」と結びつき、七夕祭が生まれたようだ。織物が上手な天女、織姫（織女星、コト座の一等星ベガ）は牛飼いの男（牽牛星（けんぎゅうせい）、ワシ座の一等星アルタイル）と恋に落ち、大切な仕事である機（はた）を織らなくなった。それが天の怒りにふれ、天の川を境に引き離されてしまった。しかし年に一度、カササギの橋を渡り、逢うことが許される。それが七月七日の夜。

竹は真っ直ぐに速く伸びる。節があっても、その長さが揃っていて、柔らかくしなり、強風にも折れない。固い土でも持ち上げてのびる筍の力強さも見事で、箸や器にもなる。この生命力から日本最初の物語『竹取物語』が生まれたとも。こうした日本人の竹への信仰と、技芸向上を願う中国の乞巧奠が溶け合い、日本独特の竹飾りが生まれたとされる。短冊を吊るして願い事をするようになったのは江戸時代からだ。

七夕竹借命の文字隠れなし　石田波郷

盆

お盆（盂蘭盆）のルーツは？

盂蘭盆会　盂蘭盆　旧盆　新盆　魂祭　精霊祭　魂棚　霊棚　盆僧　瓜の馬　茄子の牛

お盆は七月一三日から一五、一六日まで行われる先祖の魂祭。盆棚を座敷などに作り、位牌を棚に置き、野菜などを供え、祖霊を迎える。新暦で行う地域も一部あるようだが、月遅れの八月一三日からが多く、正月とともに民族大移動となる。

かつて仏陀の高弟である目連が、地獄を覗いてみたところ、自分の母が餓鬼道で、逆さ吊りになって苦しんでいた。驚いた目連が、母を救う方法を仏陀に尋ねると、仏陀は、懺悔をしあうために僧が集まってくる七月一五日に飯と五果（棗、杏、桃、李、栗）を供して供養することを勧めた。目連はこの勧めに従い、その功徳で母は救われたという故事が中国の『盂蘭盆経』にある。この風習が七世紀に日本に伝わり、宮廷や公家で盛んになったという。もともと日本には、祖霊が農耕神である年神様となって、正月と七月にやってくるという信仰があり、これが宮廷や公家で行われていた盂蘭盆会と結びつき、祖霊をもてなすお盆となって広まった。

盆の夜の海にも道あるおもひかな　　岡本　眸

―西鶴忌(さいかくき)―　発句・俳句の多作王者は？

〈一六九三年旧暦八月一〇日、浮世草子作者・俳人井原西鶴の忌日〉

井原西鶴は大坂の町人で、西山宗因に俳諧を学び、即席多作の名人として名を成した。ピークは大坂住吉大社境内で、独吟会を催し、矢数俳諧に挑戦したときのこと。一昼夜に二万三五〇〇句を連作したという。二万翁、二万堂と自称。句作として空前絶後のスピードだが、その体力にも仰天する。二万三〇〇〇句とすると三九万一〇〇〇字。二四時間（一四四〇分）詠み続けたとして計算すると、一分間に約二七二字で約一六句詠んだ計算になる。後に『好色一代男』を発表し、浮世草子の創始者となった。ライバルの芭蕉、近松門左衛門と並んで元禄期の文学者の最高峰の一人だ。

他に多作の有力候補は一茶で、六五歳で亡くなるまで二万句以上残している。蕪村が二八〇〇句ほど、芭蕉は九八四句だから、三人の中では一茶が断トツ。しかし子規は三五歳の若さで没したにもかかわらず、二万三九〇〇句余りを詠んでいる。スピードでは西鶴に軍配が上がるが、その質と量では子規の圧倒的な力には敵わない。

口中に鬼灯哭(な)かす西鶴忌　　寺井谷子

一子規忌一　正岡子規の雅号（ペンネーム）の数は日本一！

糸瓜忌　獺祭忌〈一九〇二年九月一九日、近代俳句の創始者正岡子規の忌日〉

正岡子規は一八六七（慶應三）年に四国・松山で生まれた。本名は常規。幼名は升。最初に「老桜」と号したのが一〇歳ごろ。「中水」をもらったが気に入らず、一五、六歳の時、「香雲」と変え、獺祭書屋主人、竹の里人などともいった。子規の号は、二二歳で喀血したときの自分を、「啼いて血を吐く子規」と重ねて採っている。

随筆集『筆まかせ』に登場する雅号は「走兎」「風廉」「漱石」「丈鬼」「冷笑居士」「獺祭魚夫」「野暮流」「盗花」「四国仙人」「情鬼凡夫」「野球」「色身情仏」「饕餮居士」「病鶴瘦士」「無縁癡仏」「癡肉団子」「無何有洲主人」「八釜四九」「面読斎」……など一〇〇余にもなる。俳句、短歌の革新の旗を振り、わずか三五年の生涯で、天才的偉業を果たしながらも、次々に雅号を生んでユーモラスに遊んでいる。

その雅号のひとつに「漱石」があった。『筆まかせ』には「漱石は今友人の假名と変ぜり」とあり、子規が持っていたペンネームを夏目漱石にゆずっている。

天下の句見まもりおはす忌日かな　河東碧梧桐

—鹿— 鹿は神の使いの霊獣か、はたまた害獣か？

牡鹿　牝鹿　小鹿　小牡鹿　鹿の声　友鹿　鹿の妻　遠鹿　鹿笛

鹿は八月から一〇月に交尾期を迎えるため、秋の季語になり、紅葉との組み合わせで古くからよく詠まれた。交尾期には雄同士激しく争い、雌の気を引こうとピーッと強く鳴く声には哀愁が漂う。「もみじ」と呼ばれるその肉はヘルシーで人気。

雄は三～四本に枝分かれした角を持つ。毎年四月ごろ前年の角が落ちたあと、袋角（夏の季語）が伸び、九月ごろ完成した角となり皮がむける。

奈良の春日大社や広島の厳島神社では、昔から神鹿として神聖視されてきた。春日大社で行われる「鹿の角切」も秋の季語。庶民にとっては縄文時代から肉や毛皮でお世話になってきたとはいえ、今や収穫期の田畑を荒らす害獣でもある。稲、麦、大豆、トウモロコシなどが大好物なのだ。近年その数がとみに増え、農民を悩ませている。

宮城県、岩手県には宮沢賢治も愛した「鹿踊り」がある。これは獅子舞の一種で厄災を払う霊獣の意味を持つとも、狩猟で犠牲になった鹿への供養とも伝えられる。


雄鹿の前吾もあらあらしき息す　橋本多佳子

一秋刀魚(さんま)一　秋刀魚に大根おろしが欠かせない理由

さいら　初(はつ)さんま　青(あお)さんま　秋刀魚焼(さんまや)く

「渡り魚」の代表が秋刀魚。春に黒潮に乗って北上した秋刀魚は北海道、千島付近に到達し、プランクトンで栄養をつけ、九月ごろ親潮に乗って南下を始める。一〇月ごろには脂ののった秋刀魚が北海道、三陸沖経由で房総沖までやって来る。

秋刀魚の脂は江戸時代、灯火用にも使われていたという。それが『養生訓』で「菜中の上品也。つねに食ふべし。香気を助け、悪臭を去り、魚毒をさり」と、大根おろしをすすめたあたりから、大量に獲れる秋刀魚が見直され、庶民の食卓に、大根おろしとともにのぼるようになったようだ。大根おろしには、脂肪分を多く含む魚の消化を促進する酵素「ジアスターゼ」が含まれている。また、焼いた時にできる「焦げ」には、発ガン性物質「トリプP1」が含まれているが、ジアスターゼはその生成を抑制するという。さっぱりと食べることができ、健康にもよいので、江戸時代から大根おろしが欠かせなかった。

秋刀魚喰ひ悲しみなきに似たりけり　斎藤空華

―蜻蛉(とんぼ)―　赤くならない赤蜻蛉がいる！

とんぼう　鬼(おに)やんま　銀(ぎん)やんま　あきつ　赤蜻蛉(あかとんぼ)　秋茜(あきあかね)　塩辛蜻蛉(しおからとんぼ)　精霊蜻蛉(しょうりょうとんぼ)

赤蜻蛉はやや小型で夏茜、秋茜、深山茜など種類も多いが、見た目の違いはほとんどない。秋茜は首都圏ではすっかり減ってしまったが、六月下旬ごろからいっせいに羽化する。このときは橙褐色だが、山地（ときには三〇〇〇メートル）に大移動し、まるで避暑のように盛夏を過ごす。八月になって気温が下がるとともに体も赤くなり、里や海岸近くまで降りて来る。しかし、劇的に赤く変化を遂げるのは成熟した雄のみで、未熟な雄や雌は生涯、黄褐色をしたままである。

夏茜のほうは、大きな移動はせずに、夏季には近くの森や林の中で過ごし、頭・胸部が褐色、腹部が橙色。秋になって、雄がようやく鮮やかな紅色になる。

本州のことを『古事記』では「大倭豊秋津島(おおやまととよあきつしま)」、『日本書紀』では「大日本豊秋津洲(おおやまととよあきつしま)」と表記している。「秋津」は蜻蛉の古名でもあり、昔から「蜻蛉の多い島」だった。秋津島は大和の枕詞でもある。

赤とんぼ夕暮はまだ先のこと　　星野高士

虫(むし)――地球上に昆虫が多いわけ

虫(むし)の声(こえ)　虫(むし)の音(ね)　虫(むし)すだく　虫時雨(むししぐれ)　虫(むし)の闇(やみ)　残(のこ)る虫(むし)　すがれ虫(むし)

「虫」は秋に鳴く虫の総称。鳴いている時、場所、数によって音色の風情が違う。鳴くのは雄のみだ。『堤中納言物語』に「虫めづる姫君」の話が出てくるが、日本人は「虫愛(め)ずる民」だったのかもしれない。

秋に鳴く虫に限らなければ、昆虫は世界で一〇〇万種以上、全生物の七〇パーセントを占めている。昆虫がこれほど多い理由は、まず小さいこと。恐竜やマンモスと、三億年生きているゴキブリを比べるとよくわかる。小さいため餌の確保が容易で、多くの食料を必要とせず、生活空間もさほどいらない。幼虫からサナギを経て成虫へと「完全変態」するため、その土地に合わせた生態を身に付ける。また、世代交代が早いため、突然変異も多く生じる。さらには羽を持つことで、移動ができ、身を守り別の場所で独自の進化を遂げ、繁栄できる……などの理由が指摘されている。

ところで、今や世界の昆虫食市場は年平均二四パーセント以上の急成長産業とも。

万の翅見えて来るなり虫の闇　　高野ムツオ

一 蟋蟀（こおろぎ・こほろぎ）一 かつて蟋蟀はキリギリスと呼ばれていた!?

ちちろ　ちちろ虫（むし）　つづれさせ　えんま蟋蟀（こおろぎ）　油蟋蟀（あぶらこおろぎ）　姫蟋蟀（ひめこおろぎ）

蟋蟀はコオロギ科の昆虫の総称。黒褐色で種類が多く、主に地上の草むらや石下など暗い場所に棲み、水分の多い植物や果実などを好む。成虫は晩夏から秋にかけて現れ、雄は種類により特有の声で鳴く。日本でいちばん大きい、えんま蟋蟀（約二六ミリ）はコロコロコロと鳴き、つづれさせ蟋蟀（約二〇ミリ）はリリリリリと美しく鳴く。

『万葉集』には「蟋蟀」で七首詠まれているが、松虫「チンチロリン」、鈴虫「リーンリーン」、キリギリス「ギーッチョン」などが詠まれていないことから、秋に鳴く虫の総称だったようだ。平安時代に入ると、蟋蟀は「きりぎりす」と呼ばれ、『古今集』にも詠まれているが、竈馬（いとど）とも混同されていたという。『枕草子』の「虫は」に「……きりぎりす。はたおり……」と並べられ、「はたおり」がいまのキリギリスだという。区別されるようになったのは平安時代以降のことという。

欧州では乾燥蟋蟀が食品の仲間入り。売り切れのスーパーも出るほどの人気だ。

酔うてこほろぎと寝てゐたよ　種田山頭火

―蟷螂（かまきり）―　蟷螂の雌はなぜ雄を食べる？

鎌切（かまきり）　斧虫（おのむし）　いぼむしり　いぼじり　小（こ）かまきり　祈（いの）り虫（むし）　夏 蟷螂生（かまきりうま）る

蟷螂の頭は三角形で小さく、体は細長く、緑色または褐色。前足は鎌状でうまく獲物を捕えることから、鎌切、斧虫の名がある。また拝むような格好をするので、拝み太郎、祈り虫ともいわれる。長い後足で跳躍する益虫だ。

蟷螂は、識別能力が劣っており、対象物が動いていない限り、それが獲物だとわからない。逆に、動いていると、何でも獲物だと判断して襲いかかる。雄が交尾のために雌に近づくときも、細心の注意を払って近づき、ようやく雌の背中に飛び乗り交尾を始める。雄は頭を食べられても交尾はやめない。交尾の最中も終わったあとも、雄はボーッとしていると、食べられてしまう。それを見て、「蟷螂は交尾の最中（あと）、雌が雄を食べる」といわれているが、このことは昆虫では珍しいことではないようだ。ちなみに蟷螂の雌の産卵期の食事のうち約六〇パーセントは雄を食べることによってまかなっているというデータもある。

蟷螂の目に死後の天映りをり　榎本冬一郎

―蚯蚓鳴く―　「蚯蚓鳴く」は本当だろうか？

歌女鳴く　夏蚯蚓

季語には時として、実際にはあり得ない、ユーモラスな表現がある。その代表は、春の季語の「亀鳴く」と、秋の季語である「蓑虫鳴く」「蚯蚓鳴く」の三つだろう。ちなみに、土壌を改良してくれる蚯蚓は夏の季語。「ジー・ジー」と虫のような重い声が地面から切れ目無く聞こえることがあり、これをもって「蚯蚓が鳴く」と言われるが、じつはこれは螻蛄（けら・おけら）の声。「螻蛄鳴く」は秋の季語だが、蚯蚓には発声器官は存在せず、音を出すことはない。螻蛄も蚯蚓も地面に穴を掘って暮らしているところから間違えられたのかもしれない。

蛇と蚯蚓にまつわる民話があり、柳田国男の『桃太郎の誕生』の「米倉法師」にも紹介されている。「……むかし蚯蚓には目が有つて声が出ず、蛇は目が無くて歌が上手であつた。目は無くてもよいから美しい声をと思つて、蛇に所望して其声と我目を交易したといふのである」こうして蚯蚓は歌うようになったという。

常闇に光を求め蚯蚓鳴く　　村越化石

一蓑虫一　下界を知らないままに死んでゆく！

鬼の子　みなし子　鬼の捨子　親無子　木樵虫　蓑虫鳴く

蓑虫はミノガ科の蛾の幼虫で、正式にはミノガ。春になると、卵からかえって体から分泌した糸で、枯葉や樹皮、木の枝を綴って袋状の蓑（巣）を作る。その状態で枝にぶらさがっているため、一般的に「蓑虫」と呼ばれる。

ミノガの雌は、生まれてから一度も簑から外に出ることはない。引きこもったまま成虫になっても羽が生えず、幼虫と同じウジ虫のような姿のまま一生を終えるのだ。雄は、簑の中で幼虫からサナギになり、成虫（蛾）になると簑から出て、昼間活発に飛び回る。やがて雌の放出するフェロモンに引き寄せられ、簑の中で交尾する。雌は簑の中に数百～数千個の卵を産み、それが孵化する頃に死に、蓑の下にある穴から地面に落ちてしまう。

『枕草子』（四〇段）に鬼の捨て子の蓑虫が「ちちよ、ちちよ」とはかなげに鳴くと書かれているが、これは鉦叩きと混同したのではないかともいわれる。

蓑虫や滅びのひかり草に木に　　西島麦南

―放屁虫(へひりむし)―　亀虫は自分の匂いで気絶する!?

亀虫(かめむし)　へっぴり虫(むし)　へこき虫(むし)　三井寺(みいでら)ごみむし　三井寺斑猫(みいでらはんみょう)

放屁虫はホソクビゴミムシ科の甲虫。体長は二センチほどで、黒地に黄色の紋がある。危難にあうと石炭酸に似た毒性のある悪臭を放って身を守る。また、カメムシ科の昆虫類も悪臭を放つので、放屁虫と呼ばれることがある。このガスが皮膚につくと、なかなか落ちない。狭い容器に閉じ込めて刺激すると、自分が出したガスにやられて気絶し、そのままにしておくと死んでしまう。

「三井寺ごみむし」の名があるが、この名は八尋克郎によれば、三井寺の一番の大寺「円満院門跡」に残る鳥羽絵巻『放屁合戦』が語源のようだ。この寺は『鳥獣戯画』の作者・鳥羽僧正を輩出した関連で、各種の鳥羽絵巻が残っている。由来記には、「鳥羽絵のなかでももっとも愉快なものにして、放屁の模様を合戦風に巧みに見立てた、軽妙・洒脱・風流な絵なり。とくに古来より悪魔退散魔除けとして知られる」とあるという。

放屁虫　貯(たくはへ)もなく放ちけり　　相島虚吼

柿（かき）　「柿くへば」の句の鐘は東大寺の鐘だった!?

渋柿（しぶがき）　甘柿（あまがき）　吊し柿（つるしがき）　干し柿（ほしがき）　熟柿（じゅくし）　富有柿（ふゆうがき）　筆柿（ふでがき）　次郎柿（じろうがき）　御所柿（ごしょがき）　木守柿（こもりがき）　柿日和（かきびより）

一八九五（明治二八）年一〇月のことである。漱石と別れ奈良に着いた子規は、宿で好物の御所柿を所望した。随筆「くだもの」に記されている。「柿などというものは従来詩人にも歌よみにも見離されておるもので、殊に奈良に柿を配合するというようなことは思いもよらなかった事である。余はこの配合を見つけ出して非常にうれしかった……」と。そして柿を食べていると、東大寺の鐘が聞こえた。翌日、法隆寺に行った子規は、東大寺よりも法隆寺のほうが柿との配合がいいという推敲の果てに、この句に辿り着いたのである。句にはわざわざまえがき「法隆寺の茶店に憩ひて」が付けられ、演出が施されている。

子規がこの句を詠む一ヶ月前、親友・漱石が「鐘つけば銀杏ちるなり建長寺」を発表している。この句は余りに報告的だが、子規の名句誕生の下敷きになったという気がしてならない。

柿くへば鐘が鳴るなり法隆寺　　正岡子規

―葡萄(ぶどう)― フレンチパラドックス(フランスの矛盾)とは?

デラウエア　マスカット　黒葡萄(くろぶどう)　葡萄園(ぶどうえん)　葡萄棚(ぶどうだな)　葡萄狩(ぶどうがり)　葡萄粒(ぶどうつぶ)

葡萄は人類の友。なぜなら世界で生産される果実の四〇パーセントは葡萄なのだ。それはもちろんワインのため。人間はワインを飲むために葡萄を栽培している。

フレンチパラドックスという言葉があるが、これは科学者のセルジュ・ルノー博士による造語。フランス人は肉料理を好み動物性脂肪を多く摂取するが、そのわりに心疾患などによる死亡率が低いことを表している。フランス人が大好きな赤ワインに含まれるポリフェノールには抗酸化作用(細胞の老化を防ぐ)があり、動脈硬化を予防し、心疾患などの病気が少ないというわけだ。

しかし、逆にワインの飲み過ぎで、消化器系疾患による死亡率が高く、アルコール依存症も多い。また、慢性肝臓疾患および肝硬変は米国の一・五倍、他のヨーロッパ諸国の二～三倍になるという。矛盾が生んだ矛盾!?

葡萄食ふ一語一語の如くにて　中村草田男

―紅葉（もみじ／もみぢ）― どうして秋になると紅葉は赤くなる？

紅葉（こうよう）　夕紅葉（ゆうもみじ）　谷紅葉（たにもみじ）　紅葉山（もみじやま）　紅葉川（もみじがわ）　もみづる　下紅葉（したもみじ）　合歓紅葉（ねむもみじ）　満天星紅葉（どうだんもみじ）

「紅葉」とは秋の半ばより木の葉が赤に色づくこと。その代表が楓（かえで）であり、紅葉前線の標本木が「いろは楓」である。秋も深まり、最低温度が七～八度に下がると、葉に栄養や水分が届かなくなる。すると葉の中の緑色の色素・クロロフィルが分解されなくなり、光合成によって葉に作られた糖分と合体し、アントシアニンという赤い色素ができ、葉を赤く染めてゆく。

『万葉集』の時代にはほとんどが「黄葉」と書いて「もみち」と詠んだ。六朝、初唐詩などの表記や、黄葉の多い風土性によるともいわれる。平安時代以降、『白氏文集（はくしもんじゅう）』の表記の影響などもあり、「紅葉」と書き「もみじ」と詠むようになったようだ。柏黄葉（もみじ）、漆紅葉、櫨紅葉（はぜもみじ）、銀杏紅葉、桜紅葉、柿紅葉、雑木紅葉……などの木々の紅葉が季語になり、「照葉（てりは）」「初紅葉」「薄紅葉」「黄葉」「紅葉かつ散る」「黄落（こうらく）」など、紅葉のさまざまな様子も季語として秋を彩る。

乱調の鼓鳴り来よ紅葉山　　木内怜子

―朝顔（あさがお）―　朝顔は秋の季語。山上憶良の歌で決まった

牽牛花（けんぎゅうか）　白朝顔（しろあさがお）　朝な草（あさなぐさ）　西洋朝顔（せいようあさがお）　垣朝顔（かきあさがお）　[春]朝顔蒔く（あさがおまく）　[夏]夕顔（ゆうがお）

朝顔の名は、朝早く美しい花を咲かせることから採られている。原産地は不明だが、日本には奈良時代に薬用植物として唐から伝えられたという。ところがそれ以前に、『万葉集』に「萩の花尾花葛花瞿麦（なでしこ）の花女郎花（おみなえし）また藤袴朝貌（あさがお）の花」という山上憶良の一首がある。この秋の七草の有名な歌によって、朝顔は秋の花とされている。しかし、この歌の朝顔はじつは「桔梗」だったようだ。桔梗も木槿（むくげ）も同様に、朝に花開いて夕方にはしぼんでしまうため「あさがお」と呼ばれていた。

朝顔は多くの文人・歌人に愛されてきたが、とりわけ秀吉を迎えた利休の「朝顔茶会」が有名だ。見事に咲き乱れた朝顔をすべて切り捨て、緊張感の漂う侘びの茶室に、凜とした一輪だけを飾ったという。その後、江戸時代の文化文政期に一大ブームが起き『朝顔叢』には五〇二種類の朝顔と一〇〇種余りの変化朝顔が掲載されている。なお「朝顔市」は七月六～八日なので夏の季語。

朝顔の今朝もむらさき今朝も雨　　水原秋櫻子

―鶏頭（けいとう）―　いまでも続く「鶏頭論争」

ちゃぼ鶏頭（けいとう）　扇鶏頭（おうぎけいとう）　箒鶏頭（ほうきけいとう）　槍鶏頭（やりけいとう）　房鶏頭（ふさけいとう）　三色鶏頭（きんしきけいとう）　鶏頭花（けいとうか）

左の句は子規が一九〇〇（明治三三）年九月九日の句会で詠み、これが活発な俳句論争の的になってゆく。「ホトトギス」を継いだ一番弟子の高浜虚子が、頑迷にこの句を拒否し、子規没後四〇年に編んだ岩波文庫の『子規句集』にこれを収めなかった。歌人・長塚節は斎藤茂吉に対し「この句がわかる俳人は今は居まい」と語ったという。その後、茂吉はこの句を、子規の写生が万葉の時代の純真素朴にまで届いた「芭蕉も蕪村も追随を許さぬ」（『童馬漫語』）傑作と断定。

戦後、俳人・志摩芳次郎が「子規俳句の非時代性」でこの句を否定し、また、齋藤玄が「鶏頭」を「枯菊」などに、「十四五本」を「七八本」にも置き換えうると異議を唱えた。しかし、山口誓子、西東三鬼、加藤楸邨らはこの句に肯定的だった。山本健吉は「このような創造の場所を信ずることができなかったら、芸術などやめたらよい」と強い口調で子規を擁護した。さて、あなたはどう思う？

鶏頭の十四五本もありぬべし　　正岡子規

―菊―　日本人が菊を愛してきた歴史

千代見草　黄金草　齢草　大菊　中菊　小菊　菊日和　八重菊　嵯峨菊　白菊　黄菊　菊畑

菊は春の桜と並ぶ日本の代表的な花。菊は「効く」に通じ、不老長寿の霊薬と考えられ、千代見草、齢草などの名もある。重陽の節句（菊の節句）は九月九日。九が重なることから「重九」ともいい、「長く」「久しい」長久に通じるとされ、菊酒（菊の花びらを浮かべた酒）を飲む風習がある。乾燥した菊の花を詰めた「菊枕」も季語で、その香は不眠や頭痛に効果があるとされている。

江戸時代には菊が一大ブームとなり、『花壇地錦抄』には二三〇種が載っているという。大菊、中菊、小菊の栽培から新品種が作られ、嵯峨菊、伊勢菊、肥後菊、美濃菊など、各地で独自の改良が行われた。明治以降も菊花展や菊人形展など「菊見」が開かれ、今に至っている。薬用、食用、観賞、切り花、装飾などと用途は広く、仏花としても多用。食用菊最大の産地山形では「もってのほか」と呼ばれている。花びらのみを食し、独特の甘みとほろ苦さがある。

有る程の菊抛げ入れよ棺の中　夏目漱石

―冬瓜―　秋の季語なのになぜ冬瓜といわれるのか？

とうが　かもうり　冬瓜汁

冬瓜はアジアの熱帯地方、またはインド原産といわれ、ウリ科の蔓性一年草。夏から秋にかけて収穫するが、切らなければ冬まで長期保存が可能なため、冬の食卓にも上ることから「冬瓜」と呼ばれる。九五パーセント以上が水分で低カロリーのため、ダイエット食向きで、沖縄では夏バテ対策にも食べられている。利尿効果があり、昔からむくみとりに用いてきた。ビタミンCも豊富で、風邪予防にもなる。

日本には中国を通って古くから伝わった。多くは春に種子を播くが、冬に苗を植えて翌冬収穫することもある。夏にはヘチマに似た黄色い花をつけ、果実は球状または楕円状で長さ三〇～一三〇センチメートルにもなる。一人では持てないほどの重さになることもあり、いつまでも畑にごろごろしているのを見かけたりする。果皮は淡緑色で白い粉に覆われる。果肉は淡泊上品な風味。汁ものや餡かけ、中華料理にもよく使われる。料理したものを冷やしてもおいしい。

冬瓜を提げて五条の橋の上　川崎展宏

―南瓜(かぼちゃ)― カボチャはカンボジア原産ではない

とうなす　なんきん　ぼうぶら　栗南瓜(くりかぼちゃ)　南瓜畑(かぼちゃばたけ)

南瓜は、日本南瓜と西洋南瓜の二種に大別される。メキシコ原産の日本南瓜は、一六世紀にポルトガル船で九州に渡来。その際、カンボジア産の野菜だと間違って伝えられたことから「カボチャ」と呼ばれるようになったようだ。中国から伝わったものもあるため、「唐茄子(とうなす)」「南京(なんきん)」とも呼ばれた。

一方、ペルー原産の西洋南瓜は一九世紀頃、アメリカから伝えられ、「栗南瓜」とも呼ばれ、北海道など寒冷地を中心に栽培されている。調理もしやすく、ホクホクとした食感で、いまやこちらが主流になっている。含まれているカロテンの量も多く、ビタミンCやEも多く含まれている。感染症に対する抵抗力をつけてくれるため、「冬至に食べると風邪をひかない」といわれる。また、瓢箪型で日本南瓜の一種の「バターナッツ」、ジョン万治郎にちなんで名付けられた「万治郎南瓜」、小型で使いやすい「坊ちゃん南瓜」なども最近では人気がある。

切り売りの南瓜で足りる生活かな　大平保子

薩摩藷（さつまいも）

薩摩藷はコロンブスの航海で世界に広まった

甘藷（かんしょ）　唐藷（からいも）　琉球藷（りゅうきゅういも）　干藷（ほしいも）　ふかし藷（いも）　甘藷掘り（いもほり）　甘藷畑（いもばたけ）　藷太る（いもふとる）　藷蔓（いもづる）

コロンブスは初めての航海で西インド諸島にたどりつき、武器も所有の概念もあまりない先住民たちから多くのものを略奪した。薩摩藷はその一つであり、スペインに持ち帰り、イザベラ女王に献上された。その後、中国を経て、日本には一六世紀末に宮古島に入ったのが最初だという。琉球から薩摩に渡り、関東には享保の飢饉のときに青木昆陽（こんよう）が普及させ、彼は甘藷先生と慕われた。やせた土地でも気候不順でも収穫できるため、江戸時代から第二次大戦中までの多くの飢饉を救って来た。大戦中の食糧難には、ところによっては校庭を藷畑にして飢えをしのいだ。この時代に育った人々の中の一部には、南瓜と薩摩藷は見たくもないという声もある。

藷掘りは秋の行楽の一つだが、今や欠かせない秋の風物詩である「焼き藷」は江戸中期、京都で売られていた記録がある。加熱するといっそう甘くなり、ビタミンCも多く、オフィス街に来る石焼き藷売りには郷愁を覚える。

ほやほやのほとけの母にふかし藷　西嶋あさ子

一芋（いも）一　里芋の皮むきはなぜかゆい？

里芋（さといも）　親芋（おやいも）　子芋（こいも）　八つ頭（やつがしら）　芋畑（いもばたけ）　芋の露（いものつゆ）　芋の秋（いものあき）　衣被（きぬかつぎ）　芋茎（ずいき）

芋といえば、季語では「里芋」を指す。山の芋（自然薯（じねんじょ））に対して、人家近くで栽培される。田芋、畑芋ともいわれる里芋は、親芋に子芋、さらに孫芋とたくさんの芋がつくことから、子孫繁栄の象徴として正月料理には欠かせない。また、旧暦八月一五日の月を「芋名月」といい、月見団子ではなく、里芋を供える地域も多い。子芋を皮つきのまま茹でたものが「衣被」。一メートルにもなる葉柄は「芋茎」といい、干したり、茹でて酢味噌で食べたりする。

里芋は、皮に近い部分にシュウ酸カルシウムの小さな結晶があり、これが皮膚に刺さると、かゆみを起こす。これを防ぐには、洗って水から一五分くらい茹でて、冷たい水の中で剝くと簡単。あるいは洗って両端を切り、ラップに包みレンジ（六〇〇W）で三分ほど加熱して水の中で剝いてもよい。

芋の露連山影を正しうす　　飯田蛇笏

―牛蒡（ごぼう）―　日本以外では雑草扱い!?

牛蒡引く（ごぼうひく）　牛蒡掘る（ごぼうほる）　㊤春牛蒡蒔く（ごぼうまく）　㊤夏牛蒡の花（ごぼうのはな）　新牛蒡（しんごぼう）

牛蒡の根はときに一メートル以上にもなり、抜くのはなかなかたいへん。最近は栽培しやすいミニ牛蒡も人気のようだ。欧米にも野生の牛蒡はあるが雑草扱い。日常的に食用としているのは日本人だ。第二次大戦末期の食糧難の時、日本の捕虜収容所で、外国人捕虜に貴重な牛蒡の料理を提供した日本兵が、戦後、「木の根を食べさせられた」と虐待扱いされ、有罪になった。お惣菜の定番、きんぴら牛蒡の「きんぴら」は、江戸時代初期大流行した金平（きんぴら）浄瑠璃の主人公・金平に由来したもの。

牛蒡は中国から渡来し、平安時代には食用の品種が栽培され、江戸時代には全国に広がった。中国では薬用として認識されていて、薬膳スープなどの材料に使われている。牛蒡は食物繊維の宝庫で抗酸化作用もある。食物繊維には単に便を作る整腸効果のみならず、血糖値上昇の抑制、血液中のコレステロール濃度を下げる働きもある。花言葉は「私にさわらないで」。

半日は翳（かげ）となる畑牛蒡引く　須佐薫子

―唐辛子(とうがらし)(たうがらし)―　なぜ瓢箪型の容器で売っているのか？

鷹(たか)の爪(つめ)　蕃椒(とうがらし)　南蛮(なんばん)　天井守(てんじょうもり)　高麗胡椒(こうらいこしょう)　夏唐辛子(とうがらし)の花(はな)

唐辛子の「唐」は外国の意味で、「辛子」は形容詞の「辛し」を転用したともいう。日本へは秀吉の朝鮮出兵の時に入って来たという説から、「高麗胡椒」の名もある。辛みの成分のカプサイシンは、アドレナリンの分泌を高め、体脂肪を燃焼させる。また抗酸化作用を高め、悪玉コレステロールを減らすともいわれる。肥満を解消し、食欲不振、消化不良、夏バテ、冷え症、動脈硬化などの予防・改善に有効だといわれており、健康食品として欠かせない。

唐辛子の最大の敵は湿気。たえず乾燥させておく必要があり、湿気を吸い取る性質のある容器が必要だった。そこで用いられたのが瓢箪。瓢箪は瓜の一種で、世界最古の栽培植物のひとつといわれるが、熟した果実の中身を取り出し、乾燥させて容器として重宝されていた。もともとは本物の瓢箪に入れて売られていたのが、そのスタイルだけが残り、いまでも瓢箪型の木製の器に入ったものを店頭で見かける。

きざまれて果てまで赤し唐がらし　許六

秋の七草——秋の七草って何？ 誰が決めたの？

秋七草　秋の名草

一月七日に七草粥の材料にする春の七草は、正月料理で疲れた胃を休め無病息災などを祈るものとしてその風習が続いている。

秋の七草は『万葉集』巻八に収められた、山上憶良の次の二首の歌が始まりだ。「秋の野に咲きたる花を指折りかき数ふれば七種の花」「萩の花尾花（芒）葛花瞿麦の花女郎花また藤袴朝貌の花（桔梗）」（P150参照）。覚えるときは七草の頭文字を取って「お好な服は？（おみなえし　すすき　ききょう　なでしこ　ふじばかま　くず　はぎ）」という方法もある。

春の七草に対し、秋の七草はその優美な取り合わせを観賞して楽しむため、七種一緒に何かの祭祀などに使用されることはない。秋の七草の特徴は見て楽しむばかりではなく、一部は薬用や食用とされた実用的な草花として、日本人の生活に潤いを与えながら、脈々と生きている。

馬でゆく秋の七草ふんでゆく　長谷川素逝

一萩（はぎ）一　万葉集でもっとも詠まれているのはなぜ？

山萩（やまはぎ）　初萩（はつはぎ）　白萩（しらはぎ）　野萩（のはぎ）　乱れ萩（みだれはぎ）　こぼれ萩（はぎ）　鹿鳴草（しかなきぐさ）　鹿妻草（しかつまぐさ）　初見草（はつみぐさ）　古枝草（ふるえくさ）　萩日和（はぎびより）

萩は秋の七草の一つ。草冠に秋と書き、「秋はぎ」とも呼ばれる。秋を代表する植物で、『万葉集』では秋の七草の筆頭。植物を詠んだ中で最も歌数が多く、一四二首もある。二番目の「薄」が四六首しかないのと比べると、その人気ぶりは際立っている。マメ科ハギ属の落葉低木の総称で、とくに山萩が各地の野山、庭に生えている。茎の下は木質化しており、葉は三小葉からなり互生する。夏から秋にかけ、葉の腋に花序を出し、多くの紅紫色または白色の小さく可憐な蝶形の花をつける。

萩は毎年、古い株の周りに新芽が出て来るために、「生芽（はえぎ）」と呼ばれ、やがてハギになった。そこにいのちの再生を感じていたともいわれる。派手ではないが、その慎ましさに「もののあはれ」を感じ取っていたのだろう。歌合の題として鹿や露との組み合わせは多く、清少納言はその美しさを「萩、いと色ふかう、枝たおやかにさきたるが、朝露にぬれてなよなよとひろごりふしたる」と書いている。

萩の野は集つてゆき山となる　藤後左右

荻(おぎ/をぎ)

萩と荻と芒(すすき)と葦(あし)の区別は?

荻の声(おぎのこえ)　荻の風(おぎのかぜ)　荻原(おぎわら)　浜荻(はまおぎ)　荻の穂(おぎのほ)　風持草(かぜもちぐさ)　風聞草(かぜききぐさ)　寝覚草(ねざめぐさ)

文字が萩と似ている荻は、イネ科の多年草。高さ約一〜二・五メートルの大型で、湿地帯に群生する。芒によく似ているが、より大きく、長く縦横に這う地下茎のあることなどが異なる。根が地中を走り、一本ずつ茎を立て、すべての茎から葉が出て、その葉は芒よりも幅広い。九〜一〇月、芒に似た銀白色の大きな花穂をつける。風になびいて霊魂や鳥を招き寄せるといわれ、古歌にも「荻の声」が詠まれている。荻の声とは、秋の初風のことである。

秋の七草で萩と並んで親しまれているのが「芒」。花穂が動物の尻尾に似ていることから尾花とも呼ばれる。荻よりも郊外で目につきやすく、株立ちで、地ぎわから葉が出ている。俳句では「萩芒」といっしょに詠み込まれることもある。

その芒によく似ているのが「葦」。荻と同じく水辺に生えている。葦は「あし」が「悪し」に通じることから「よし」とも呼ぶ。穂は芒よりふさふさしている。

荻吹くや燃ゆる浅間の荒れ残り　太祇

一松茸一　好きなのは日本人だけ!?

松茸山　松茸飯　土瓶蒸し

松茸は日本の代表的な食用茸。「匂い松茸、味シメジ」と言われ、秋の味覚の筆頭だ。キシメジ科の茸で、各地のアカマツ林に発生する。傘は表面が淡黄褐色、初め半球形だが次第に扁平に開く。肉は白色緻密で、独特の芳香と風味が珍重される。香り成分は百種以上あるといわれ、主成分は「1-オクテン-3-オール」という物質で、通称「マツタケオール」とよばれている。じつは欧米ではこの香りは「靴を履き続けた後の足がむれた臭い」など、悪臭として嫌われ、好むのは日本人だけという。

特に水はけのよい乾燥した尾根筋に生え、旬が短い。かつて里山から木や落葉を拾って燃料にしていたころはよく採れたが、里山の手入れをしなくなってから激減し、一九四一年には一万二〇〇〇トンもの収穫があったのに、いまや国産モノは絶滅の危機に瀕し、高値になっている。また、どんなに努力してもいまだに人工的には作れていないのも、珍重される大きな理由だ。

松茸に神代の宵や通り雨　加藤郁乎

冬

立冬の病みて眩しきものばかり　荒谷利夫

冬は玄冬・玄帝・冬帝・冬将軍・三冬・九冬（冬の九〇日間）などの呼び方がある。
三冬は初冬・仲冬・晩冬で、次のように区切られる。

- 初冬　立冬（一一月七日頃）から大雪（一二月七日頃）前日まで。
- 仲冬　大雪（一二月七日頃）から小寒（一月五日頃）前日まで。
- 晩冬　小寒（一月五日頃）から立春（二月四日頃）前日まで。

二四節気（太陽の動きを二四等分したもの。それぞれの間は約一五日）

- 立冬（一一月七日頃）　「今朝の冬」は厳しさを迎えるこの日の朝をいう。
- 小雪（一一月二二日頃）　北風が強まるが、まだ雪が降るには至らない。
- 大雪（一二月七日頃）　南国でも霜が降りたり、初雪が降ったりする。
- 冬至（一二月二二日頃）　北半球では一年で昼が最も短く、南瓜を食べ柚子湯に入る。
- 小寒（一月五日頃）　冬至から一四日目。厳しい寒さに向って行く。
- 大寒（一月二〇日頃）　小寒から数えて一五日目。もっとも寒い時期になる。

小春（こはる）― 小春日和、海外では夏!?

小六月（ころくがつ）　小春日（こはるび）　小春日和（こはるびより）　小春空（こはるぞら）　小春凪（こはるなぎ）　小春風（こはるかぜ）　森小春（もりこはる）

立冬（一一月上旬）を過ぎたころに、春のように暖かい日がある。それを「小春日和」という。だからと言って、一月や二月に穏やかで暖かな日があっても「今日は小春日和だな」とは言わない。なぜなら「小春月」は陰暦一〇月（現在の一一月）のことだからである。

江戸期の俳人・岡田野水（やすい）の句に「木枯もしばし息つく小春哉」があり、中村草田男の句に「あたたかき十一月もすみにけり」がある。また『徒然草』にも「十月は小春の天気」とあるから、このかわいらしい名称は中世から使われていたようだ。

小春日和に相当する言葉は海外にもある。北アメリカでは「インディアン・サマー」、ドイツでは「老婦人の夏」、フランスでは「聖マルタン（ヨーロッパ初の聖人）の夏」、ロシアでは「婦人の夏」と言う。日本では「春」にたとえ、欧米では「夏」にされている点が面白い。

飴のごと伸びて猫跳ぶ小春かな　今瀬一博

―寒さ―　世界で一番寒かったのはどこ？

寒し　寒気　厳寒　酷寒　寒苦　月寒し　風寒し

世界の最低気温は、南極のボストーク基地で氷点下八九・三度という記録があるが、人間定住地ではシベリア北部のサハ（ヤクーチア）共和国のオイミャコンで、一九二四年に氷点下七一・二度を記録。ここは政治犯の流刑地でもあった。共和国の一部は北極圏まで延びていて、面積は日本の約八・五倍だが、人口はわずか一〇二万人。冬の平均気温は氷点下四〇度以下だという。一二月から二月にかけての三ヶ月間は太陽を全く見ることができないが、膨大な天然資源が眠っていて、脚光を集めている。

なお、北極より南極が寒いわけは、南極は大陸で、平均高度二〇〇〇メートルもあり、ブリザードという猛烈な吹雪も吹くからだ。体感温度はさらに下がる。北極にはメキシコ湾流という暖流が流れ込むため気温が下がりにくい。その結果、北極の平均気温は氷点下三〇度。南極は平均氷点下七〇度になる。

日本では一九〇二（明治三五）年、旭川で氷点下四一度が記録されている。

水枕ガバリと寒い海がある　西東三鬼

―節分(せつぶん)―　なぜ節分は二月三日なのか？

節替(せつがわ)り　節分(せちぶ)

旧暦では太陽年を二四等分した「二四節気（季）」を設けていた。春の節気は「立春、雨水、啓蟄、春分、清明、穀雨」の六節で、もともとはその前日をすべて「節分」と呼んでいた。中でも立春（新暦の二月四日頃）は冬と春を分ける日として、とくに重んじられていたので、節分といえば立春の前日、二月三日を指すようになった。

豆まきの風習は中国から来たもので、宮廷行事にもなっていた。『蜻蛉(かげろう)日記』に「十二月のつごもりがたに、……儺(な)などといふもの、こころみるを」というくだりがある。「儺」というのは悪魔のことで、節分のことを「追儺」「儺やらひ」「鬼やらひ」ともいう。大晦日にも豆まきは行われていたわけだが、豆をまくのは立春を前にして、邪気を退散させ、体に染みついた穢れを落とすという意味もある。「鬼は外、福は内」は日本独特の風習となったが、大晦日と節分がはっきりと切り離されたのは一八七二（明治五）年、太陽暦が導入されてからである。

節分や肩すぼめゆく行脚僧　　幸田露伴

―木枯(こがらし)―

木枯一号は関東と近畿地方にしか吹かない!?

凩(こがらし)　木枯一号(こがらしいちごう)

その理由は簡単。発表しているのが東京の気象庁と大阪管区気象台の二箇所だけだから。春一番の発表から二年後、一九六五(昭和四〇)年に始まった。基準は西高東低の冬型の気圧配置で、最大風速が八メートル以上、日中の気温が前日より二、三度低い状態の風であること。その最初のものを木枯一号として発表する。「号」の呼称は台風にならったもの。木の葉を落として木を吹き枯らすことから「木枯」という。木枯二号や木枯三号もあるが、発表はされない。東京の気象庁は一〇月半ばから一一月末に、大阪は霜降(一〇月二三日頃)から冬至(一二月二二日頃)までに限定。これを外れると「一号」とはしないので、吹かない年もあるのだ。

木枯は日本人には古くからなじみのある言葉で、『源氏物語　宿木』に早くも登場している。「こがらしの堪え難きまで吹きとはしたるに、残る梢もなく散り敷きたる紅葉を……」

海に出て木枯帰るところなし　山口誓子

雪（ゆき）――なぜ雪の結晶は六角形なのか？

六花（りっか）　六つの花（むつのはな）　粉雪（こゆき）　こごめ雪（ゆき）　綿雪（わたゆき）　小雪（こゆき）　大雪（おおゆき）　深雪（みゆき）　雪あかり（ゆき）　しづり雪（ゆき）　雪煙（ゆきけむり）　暮雪（ぼせつ）　雪催い（ゆきもよい）　積雪（せきせつ）　雪月夜（ゆきづきよ）　雪しまく（ゆき）　根雪（ねゆき）　雪晴（ゆきばれ）

雪の結晶を初めて六角対称に描いたのは、デカルトと言われている。水の分子は、氷になるとき六角に並ぶ性質がある。氷の粒に水蒸気がつき始めるときの大きさは一〇〇分の一ミリ。それでも形は六角だ。雪は雲の中で水蒸気を取り込みながら成長し、降ってくる。雪の結晶のまま単独で降る場合と、くっつき合って雪片（二個から二〇〇個の結晶）として降る場合がある。この過程で、周りの温度や湿度によって、さまざまな形になる。気温が高いと大きな雪片になる。基本形の六角の柱が横に広がったり、縦に伸びたり、枝が伸びたりする。横に広がると平らな板になるし、縦に伸びると細長い形になる。雪の結晶に一つとして同じものはない。

寺田寅彦に師事し、世界で初めて人工雪を作ることに成功したのは、物理学者・中谷宇吉郎である。彼は結晶のメカニズムを研究し、その形を四二種類に分類するいっぽうで、「雪は天から送られた手紙である」という詩的な言葉を残している。

雪の朝二の字二の字の下駄のあと　田　捨女

氷が水に浮かぶ理由

—氷(こおり／こほり)—

氷(こお)る　氷張(こおりは)る　薄氷(うすらい)　厚氷(あつごおり)　氷原(ひょうげん)　氷面鏡(ひもかがみ)　氷塊(ひょうかい)　氷上(ひょうじょう)　結氷(けっぴょう)

水は摂氏四度のときに、密度が最大で比重が一になる。零度の水と氷を比べると、氷の体積は水より一割多い。同じ重さで体積が違えば、体積の大きい方が軽くなる。氷の結晶は規則正しく並び、たくさんの隙間を作る。隙間が多いと、体積が増え、密度は小さくなり、比重は〇・九一六八と、軽くなる。また、水の中の氷は「アルキメデスの原理」が働き、氷が排除した水の分だけさらに軽くなって浮かぶのである。

ところで清少納言の『枕草子』には「かき氷」が登場している。「あて（雅やかで上品）なるもの。……削り氷にあまずら（ツタの樹液を煮詰め、一見蜂蜜に似た黄金色の甘味料）入れて、あたらしきかなまり（金属製のお椀）に入れたる」とある。

一般家庭で氷を食べるようになったのは、明治中期のこと。明治初期には氷の運搬、貯蔵、製造技術も無かったので、年間二〇〇〇トンの天然の氷をアメリカのボストンから輸入していたのだ。

氷面鏡私いますひびわれて　高澤晶子

一氷湖(ひょうこ)一　同じ地方なのに、凍る湖と凍らない湖があるのは？

凍湖(とうこ)　湖氷る(みずうみこお)　結氷湖(けっぴょうこ)　凍結湖(とうけつこ)　氷盤(ひょうばん)　湖凍る(みずうみこお)

湖が凍らない原因はいくつかあり、その一つは水温が高いこと。長野県の野尻湖は湖底から温水が湧いているという。秋田県の田沢湖や十和田湖はかなりの水深だが、水の対流が常にあるために凍らない。北海道の湖沼は、海水の入る汽水湖(きすいこ)と温泉の湧く沼を除いてほとんど凍るが、支笏湖(しこつこ)と洞爺湖(とうやこ)のふたつは凍らない。とくに支笏湖は「日本最北の不凍湖」である。理由はその深さと容積にあり、温かい水がいつまでも残存しているためだ。長野県の諏訪湖は凍りにくかったが、水質保全が進み再び凍結するようになり、ときに「御神渡り(おみわたり)」（冬の季語）も見られる。これは寒暖差により湖面の氷が膨張と収縮をくり返し、割れてせり上がり「氷の道」ができる現象で、諏訪大社の上社の男神が下社の女神のもとに渡って行かれた伝説に基づく。

ロシア、スウェーデン、フィンランド、ノルウェー、カナダ、アメリカのアラスカ州などには、半年以上も凍結したままの湖や河川も少なくない。

氷湖ゆく白犬に日の殺到す　　岡部六弥太

―ボーナス― 日本で初めてボーナスを支給した会社は？

年末賞与(ねんまつしょうよ)　年末手当(ねんまつてあて)　越年資金(えつねんしきん)　越冬資金(えっとうしきん)

ボーナスの起源は江戸時代の徒弟制度で、住み込みで働く弟子たちに盆と暮れに配られた小遣いが近いといわれる。一八七六（明治九）年に、当時海運業を独占していた三菱商会が、業績が向上したため、日本初となるボーナスを支給。上級社員が五円（現在の七万円ほど）、下級社員が一円（酷い賃金格差！）。その後、一八九五（明治二八）年に日清戦争が終わると、企業の近代化も進み、基礎も固まり、紡績会社や百貨店でも賞与を出すようになった。今日のように事実上、給与の一部として払われるようになったのは戦後のこと。景気によって、また営業成績や勤務ぶりで金額が違う会社もある。正月を迎える家族にとっては一大関心事である。

ちなみに欧米にはボーナスはなく、あっても「クリスマス前のチップ」程度しか出ないそうである。語源はラテン語の「bonus」。英語で「good」にあたる言葉だった。一八世紀ごろイギリスで最初に使われ始めた。

かぞふより賞与一束忽と消ゆ　清水基吉

―年越蕎麦(としこしそば)―　大晦日に「年越蕎麦」を食べる理由

晦日蕎麦(みそかそば)　つごもり蕎麦(そば)　運気蕎麦(うんきそば)

年越蕎麦の風習は江戸時代からはじまり、関西では「つごもり蕎麦」という。それぞれの家庭で、時間も食べ方も違う。

その由来には諸説あるが、一般的には「新しい年も細く長く元気でいられますように」という意味を込め、体にもいい蕎麦を啜(すす)るというもの。また、切れやすいので一年の災厄をきれいさっぱり切り捨てるという説もある。

もっと現実的な意味合いもある。かつて金箔工房などでは、そば粉を丸めたもので、周辺をぬぐい、飛び散った金粉を集める習慣があった。こうしたことから蕎麦粉は金を集める縁起物であり、「来年は金がたまりますように」という願いを込めて食べるようになったともいわれる。さらに鎌倉時代に、年を越せない貧しい人々に蕎麦を振る舞ったところ、翌年から運が向いてきたので蕎麦を食うようになったという説もある。いずれにしても庶民の願いが強く込められている。

なにはさてあと幾たびの晦日蕎麦　小沢昭一

一蒲団（ふとん）一　干した蒲団、叩きすぎに要注意！

布団（ふとん）　蒲団干す（ふとんほ）　干し蒲団（ほしぶとん）　掛蒲団（かけぶとん）　羽蒲団（はねぶとん）　敷蒲団（しきぶとん）　古蒲団（ふるぶとん）　肩蒲団（かたぶとん）

冬晴れの日に、干されて暖かく膨らんだ蒲団で眠るのは至福の時間である。蒲団は干すことによって湿気を取り、日光による殺菌効果もあり、干した後に掃除機をかければ、ダニ退治にもなる。だが、取りこむとき、ついつい無意識に強く叩いてしまう。埃を出すためか、ストレス発散か？　いずれにせよ、これはやめた方がいい。叩くことによって綿の繊維が切れたり、弾力性が無くなり固くなってしまい、蒲団の寿命を縮めてしまうためだ。

干す時間帯は、午前一〇時から午後二時までが最適で、表裏を各一時間ずつ干せば十分。三時を過ぎると湿気が多くなるのでやめた方がいい。なお、羽根布団は湿気が逃げやすいので、風通しの良い日陰に干すだけで十分。

もともとは蒲（がま）の葉で作られ、座禅の時の敷物にする円座に使われていた。なお、「座布団」は季語にならない。薄い「夏蒲団」「麻布団」は夏の季語である。

我が骨のゆるぶ音する蒲団かな　松瀬青々

―セーター― セーターとカーディガンの誕生秘話

カーディガン　ジャケツ　セーター編む

一九世紀末、イギリス紳士たちは、スポーツをするにも上着を着るのがみだしなみと考えていた。しかしやはり窮屈なので、スーツ代わりに編み出されたのが、セーターである。語源はSWEAT。最初は汗をかかせるためのスポーツウェアとして用いられたのだ。汗をかけば新陳代謝が盛んになるから、減量効果は抜群で、サウナスーツのような役目を果たしていた。

少しさかのぼって一九世紀中頃、クリミア戦争でのこと、イギリス軍のカーディガン騎兵旅団長が、負傷兵の軍服の着脱が大変だったため、スムーズに着たり脱いだりできる服を考えた。それが前ボタンつきのカーディガンである。つまり戦場で生まれた治療のためのファッションなのだ。ちなみにセーター、カーディガンなどの繊維製品を食べる害虫はカツオブシムシやイガの幼虫。また、毛玉はかため（粗い面）のスポンジで、全体をこすると簡単に取れるが、毛玉取り器が断然便利。

セーターにつつむ遠野(とおの)の喉仏(のどぼとけ)　古舘曹人

—玉子酒(たまござけ)—　玉子酒が風邪に効く科学的な根拠は?

卵酒(たまござけ)

玉子には、人間の体に必要な八種類の必須アミノ酸がすべて含まれており、免疫力を高めてくれる。また、卵白にはリゾチームという殺菌酵素(人の涙や母乳にも含まれている)があり、風邪ウイルスの細胞を壊し、咳やのどの腫れを鎮めたり、熱を抑えたりするのだ。玉子酒は江戸時代から飲まれていたが、当時は風邪薬ではなく脾臓と胃腸に効く滋養強壮剤とされていた。

作り方は、酒を沸騰するまで温め、砂糖少々と玉子を入れてかき混ぜれば完成。お好みで蜂蜜を入れたりもする。オランダでは熱したブランデーに玉子の黄身だけを入れたもの、オーストラリアでは熱いミルクに黄身を入れたものを飲む。

余談だが、日本の風邪薬があまり効かないのは総合感冒薬(複数の症状に対応)が多く、一つの薬に数種類の有効成分が配合され、それぞれの有効成分量が少ないためといわれている。

玉子酒妻子見守る中に飲む　高木良多

―すき焼き―　鍋で煮るのにどうしてすき焼きというのか？

牛鍋　魚すき　鶏すき

鍋料理は文明開化とともに普及したという。広辞苑によればすき焼きは「牛・鳥肉などに葱（ねぎ）・焼豆腐などを添えて鉄鍋で煮焼きしたもの。維新前まだ獣肉食が嫌われていた頃、屋外で鋤の上にのせて焼いて食べたからとも、肉をすき身（薄切り）にしたからともいう」とある。獣肉を普段使っている調理用の鍋に入れるのは気が引けたので、農具の鋤を鍋代わりに使ったことから「すき焼き」というらしい。魚を薄く切ることを関西では「魚すき」と言ったことから、「すき焼き」はもともと関西で使われた言葉で、関東では牛鍋、鶏鍋と言われていたようだ。すき焼きといえば牛肉が中心だが、とくに松阪牛、近江牛、神戸牛などが有名。

また鍋焼きうどん（鍋焼き）も煮る料理なのだが、煮ることを焼くとか、炊くとかいう例は多くある。関西料理では煮物を「炊き合わせ」と言ったりする。「焼く」の文字には「たく」という意味もあり、「炊く」には「やく」という意味もある。

鋤焼やくろがねの鍋にほひ立つ　加藤晃規

一畳替（たたみがえ）一

たたみがへ

畳に座れるのは高貴な人だけだった？

替畳（かえだたみ）

畳替えは、迎春に向け、年末に行うことが多かった。新しく青々としたものに替え、その匂いが家中に立ちこめると、いよいよ新年を迎える気分になる。

近年の住宅はフローリングが多いが、平安時代から鎌倉時代までの寝殿造りでも、床は木張りのフローリングだった。高貴な人の座る所だけに湿気遮断と保温目的で、畳が置かれたのだ。この畳が御座と呼ばれ、ゴザの語源である。鎌倉時代後期からの書院造りでは、御座を拡大し、部屋中に畳を敷きつめるようになり、この部屋を「御座敷」「座敷」と呼ぶようになった。

同じ座敷でも地域や建物によって広さが違う。この違いは「一間（いっけん）」の長さの違いから来ている。関西の畳は「京間」と呼ばれ、一番広い。続いて「中京間」（名古屋地方で使用）、「江戸間」「田舎間」と呼ばれている関東の畳があり、団地の登場とともに生まれた「団地間」が一番小さいサイズになっている。

今替へし畳に母が体操す　山尾玉藻

炭（すみ）――炭にはなぜ消臭効果があるのか？

炭火（すみび）　埋火（うずみび）　木炭（もくたん）　堅炭（かたずみ）　白炭（しろずみ）　枝炭（えだずみ）　花炭（はなずみ）　炭小屋（すみごや）　粉炭（こなずみ）　炭屑（すみくず）　炭売（すみうり）　炭斗（すみとり）　炭俵（すみだわら）

炭は楢（なら）、櫟（くぬぎ）、樫（かし）等を炭焼窯で蒸焼きにしたものだが、木の種類、製法、用途によって種類は無数に近い。最近は冷蔵庫や車の消臭に利用している人も多いだろう。炭が蒸焼きで作られるときは、空気がないので炭素の多くがそのまま残る。それが二〇〇度以上の高温になると、木の成分がガスなどによって抜け始め、無数の穴ができると考えられている。穴は入口が狭く奥が膨らんでいて、それらが表面から内部までつながっているという。

その穴の広さを合計した「比表面積」は、備長炭ともなると、わずか一グラムで一〇〇〇平方メートルにもなるというから驚く。その広大な穴の中に、空気に漂っている臭い成分が吸収されてしまうというわけだ。

一時的に一〇〇〇度まで温度を上げて作る、質が密で堅い備長炭は、紀州の備後屋長右衛門によって考案されたためこの名がついた。叩くと金属のような音を響かせる。

人といふかたちに炭をつぎにけり　島　雅子

―懐炉(かいろ)―　使い捨てカイロの特許は七〇年間も眠っていた！

懐炉灰(かいろばい)　懐炉焼(かいろやけ)　懐炉抱(かいろだ)く　白金懐炉(はっきんかいろ)　銀懐炉(ぎんかいろ)　懐炉火(かいろび)　温石(おんじゃく)

使い捨てカイロの中身は鉄の粉、食塩水を含んだ石の粉、活性炭等で、鉄の粉が空気中の酸素に触れて錆びるときに出る酸化熱を利用するというもの。小さい粒にするほど、酸素に触れる面積は大きくなり、もむことで、カイロの中身の成分が一気に混ざり、錆びるスピードもアップする工夫がされている。最初に考案されたのは一九〇七（明治四〇）年のこと。しかしそれが実用化されたのは、なんと七〇年後。「使い捨て」という発想が日本人になかったためか？　それ以前はブリキの容器に懐炉灰を入れたが、その後、プラチナ（白金）の容器に揮発油を入れた白金懐炉（大正時代から使用）が全盛となる。しかし一九七八（昭和五三）年に菓子メーカー・ロッテが発売した使い捨てカイロの大ヒット以降、今や見る影もない。

通常一八時間以上持つカイロを数時間だけ使って捨てるのはもったいない。そういう場合は、空気を抜いたビニール袋に密封しておくと再び使える。

懐炉して臍(へそ)からさきにねむりけり　　龍岡　晋

一湯（ゆ）たんぽ一　湯たんぽはなぜ、湯湯婆とも書くのか？

たんぽ（唐音）　湯婆（たんぽ）　湯湯婆（ゆたんぽ）　懐中湯婆（かいちゅうたんぽ）　湯婆抱（たんぽだ）く

湯たんぽは「湯婆」と書かれることも多いが、正式には「湯湯婆」と書く。唐の時代の中国から入ってきたが、中国では「湯婆子」（タンポッ）。ッは特に意味のない接尾辞なので、「たんぽ」にすればよかったのだが、それでは意味が通じなかったので「湯」が加えられ「湯」＋「湯婆」＝ゆたんぽ、となったという。江戸時代の『和漢三才図会』には湯たんぽの記述があるから、その頃から一般に普及し始めたのだろう。陶製やトタン製、除菌・消臭に優れた純銅製、軽くてさびないチタン製、プラスチック製もある。最低限の熱量で繰り返し使える、優れた「エコアイテム」である。

避難所に暖房の足りなかった阪神大震災（一九九五年）、新潟県中越地震（二〇〇四年）でも活躍した。老人ホームなどでも、火災の危険が無く、空気も汚さず、しつこいかゆみを伴う老人性乾皮症の予防もできるので歓迎されている。ただし、きちんと包まないと低温やけどになるので要注意だ。

湯婆抱いて大きな夢もなかりけり　大須賀乙字

一火事(かじ)一　火事での死因ナンバー1は？

大火(たいか)　小火(ぼや)　近火(きんか)　遠火事(とおかじ)　朝火事(あさかじ)　船火事(ふなかじ)　火事見舞(かじみまい)

火事における死因で一番多いのは、断トツで窒息死。建材や家具などの燃焼により、その中の有害物質や一酸化炭素が噴出するためだ。万一、ビルなどで火災に遭遇したときは、火から逃げるよりも煙から逃げることだ。大きめのポリ袋を頭から被るのも一つの方法だ。ビル火災では上の階が危険というのが常識だが、やむなく下に降りられないときは、姿勢を低くして壁際を走り、屋上へ出る。そこまで火が回るのには相当な時間がかかり、助かる可能性があるからだ。

ところで、日本の「火消し」は世界で最初の消防組織である。一六五〇（慶安三）年、江戸幕府が四〇〇〇石以上の武士の中から火消し役を命じたのが始まり。「町火消し」の登場は一七一八（享保三）年で、大岡越前が全部で四八組作った。火事の現場では、刺子半纏(さしこばんてん)の火消しが屋根の上でまといを振ったという。消火活動の士気を鼓舞し、その家を壊して類焼を防ぐための目印で、破壊消火が普通だった。

棒立ちのものばかりなり火事の跡　北村仁子

味噌搗き（みそつき）

手前味噌とはどんな味噌？

味噌作る（みそつくる）　味噌仕込む（みそしこむ）　寒味噌（かんみそ）　味噌釜（みそがま）　春 味噌豆煮る（みそまめにる）　玉味噌（たまみそ）

味噌は日本人にとって欠かせない調味料だ。「手前味噌」とは、自家製の味噌のこと。かつては各家庭で手作りの味噌を作っていたことに由来する。手前とは、自分を謙遜することばだったが、これが味噌と結びつくと「自分のことを自慢ばかりする」という意味になり、手味噌とも使われる。味噌は紀元前二〇〇〇年ごろ、中国で作られたのが最初で、日本に伝わったのは、七世紀。朝鮮半島の高麗を経由してくるやいなや、すっかり日本人を虜にしたようだ。ちなみに醬油も中国から伝わった。

味噌には色の違い（白と赤）、味の違い（甘口と辛口）、素材の違い（米、豆、麦）があるので、それらをブレンドし、コクのある好みの味を見つけるのも楽しい。さらに自家製の味噌を作るのも一興だ。水によく浸して煮た大豆を潰し、塩と麴を混ぜ、そこに空気を入れないように容器に詰めて保管。素材の量と質の選択によって好みの味噌が完成する。

老いてより夫婦気の合ふ味噌仕込み　古賀まり子

―スキー― スキーはもともと雪の中を歩く道具だった

スキー場（じょう）　スキーヤー　スキー列車（れっしゃ）　スキーバス　スキー宿（やど）
スキー靴（ぐつ）　スキーウエア　ゲレンデ　スノーボード

スウェーデンの石器時代の遺跡からスキー道具が発見され、また、ノルウェーで発見された古代のレリーフにもスキーを履いた狩猟民が描かれている。したがって紀元前二五〇〇年頃から、雪の中をスムーズに進むために使われていたようだ。語源は「裂く」という意味のラテン語「scindere（スキンデーレ）」から来ている。固い木を裂いて、スキー板と、ストックを調達したからである。スキーが発達したのは、一六世紀。北欧やロシアの軍隊の交通手段としてであったという。
スポーツとして一般に広まったのは、一八六八年にノルウェーのクリスチャニア（現オスロ）で、最初のスキー競技大会が開かれてからになる。種目はスラローム（回転）とジャンプだった。ちなみにジャンプ競技のK点は危険ラインから来ているわけではない。ドイツ語で極限点を意味する「Kritisch Punkt」の頭文字からとられている。

紅茶のむ少女ら夜もスキー服　中島斌雄

―ラグビー―　ラグビーボールが楕円形なのは？

ラガー　ラガーマン

ラグビーの発祥地はロンドンの北方にある一五六七年創立のラグビー校である。その学校の前にあった靴職人のウィリアム・ギルバートが、試しに豚の膀胱を膨らませたところ、軽くてよく飛ぶボールができあがった。豚の膀胱が細長いため、楕円形になってしまったらしい。転がり方がイレギュラーで、扱いにくく見えるが、ラガーマンにとっては持って走りやすく、パスしやすく、蹴りやすいのだ。

それまでフットボールと呼ばれていたのが、校名にちなんでラグビーと呼ばれるようになった。ラグビーの試合終了を「ノーサイド」と呼ぶのは、ラグビー精神を端的に具現している。それまで激しい肉弾戦を戦い抜いた選手たちが、敵味方のサイド無しに互いの健闘を讃え合う、ジェントルマンシップの表れなのだ。オリンピックに正式採用されたのは二〇一六年のこと。あまりにもきついスポーツなので、五輪開催期間内は何試合も消化できないことから、七人制が採用された。

ラガー等のそのかちうたのみじかけれ　横山白虹

―風邪（かぜ）―　南極では風邪を引かない！

感冒（かんぼう）　流感（りゅうかん）　インフルエンザ　風邪心地（かぜごこち）　風邪声（かざごえ）　鼻風邪（はなかぜ）　風邪薬（かぜぐすり）　風邪の神（かぜのかみ）

冬に風邪が流行る理由は二つある。寒くなって、湿度も低くなるとウイルスが活動しやすくなることと、人間の免疫力が低下するためだ。免疫力は、免疫グロブリン（抗体）に大きく作用される。この抗体は血液中のリンパ球の一種であるB細胞が基礎になっている。その細胞数は気温の上昇とともに増え、寒くなるとともに少なくなる。冬になると寒さをしのぐために多くのエネルギーが消費されるので、細胞増殖が抑えられ、B細胞も減少し、ウイルスを撃退できずに風邪を引いてしまうというわけ。南極の越冬隊員は風邪を引かないらしい。なぜなら、ウイルスが南極まで届かないからだ。

予防は、うがいと手洗いぐらいか。風邪は、基本的には安静を保つことで自然回復する。ウイルスに対する特効薬は存在しないので、早く治すためには睡眠による休養、水分補給、ビタミンCの補給が効果的だといわれている。また、症状によっては解熱鎮痛剤や去痰剤などが必要とされる。

頬杖の風邪かしら淋しいだけかしら　池田澄子

―くしゃみ―　くしゃみすると誰かが噂をしている？

くさめ　はなひり　はなひる　くっさめ　嚔（くさめ）

くしゃみは、生理現象で、鼻に入った異物や、鼻水を外に出す反射運動。噂をされているとか、陰口をたたかれているとかは、単なる迷信にすぎない。「一回だとほめられ、二回だとそしられ（けなされ）、三回だとくさされ（悪く言われ）、四回すると風邪を引く」ともいわれる。何故このような迷信が生れたのか。昔はくしゃみは神秘的で、不吉なものとされていた。そのため、くしゃみをすると、霊魂も一緒に飛び出してしまう、とも思われていたのである。

清少納言はくしゃみのことを「鼻ひる（放つ）」と書いている。「鼻ひる」が出たときに「くさめくさめ」とおまじないを唱えていて、その「くさめ」が転じて「くしゃみ」になったともいわれている。また「くさめ」は「休息万命」（くそくまんみょう）を早口に言ったものともいわれる。ちなみにくしゃみの時速は三二〇キロメートルという猛スピード。東北新幹線の最高速度に匹敵する。

くさめして我はふたりに分れけり　阿部青鞋

一七五三一　一一月一五日の七五三の由来は？

七五三祝　千歳飴

七も五も三もすべて奇数で、陰陽道でいう陽の数であり、合計すると一五になる。一五日は陽が重なったおめでたい日ということで、子どもの成長を祝う日となった。一般には男子は三歳、五歳。女子は三歳、七歳で、女子は振袖を、男子は袴をはいて着飾ってお宮参りをする。当日の神社には、長寿（千歳）にちなんで、千歳飴が鶴などを描いた長い紙袋に入って売られている。これを親戚、知人に配ったりする。

乳児の死亡率の高かった江戸時代、五代将軍綱吉の子・徳松を祝った日（一一月一五日）に由来しているという説がある。形式が次第に整えられ、明治以後、商業主義に踊らされて派手になったようだ。日本の村社会では、元来ある年齢に達して初めて、村の一員として認められていた。その最初の目安が、女子は三歳、男子は五歳だった。七歳は男女とも幼児から少女・少年期への節目と考えられていたのだ。

転びても花びらのごと七五三　今井千鶴子

酉の市――なぜ三の酉に火事が多いといわれるのか？

お酉さま　酉の町　一の酉　二の酉　三の酉　おかめ市　熊手市

一一月の酉の日になると市が立つ。東京都台東区千束の鷲神社は江戸時代中期から有名だ。武運の神として信仰されていたが、近くに吉原遊郭ができてからは、これとの結びつきで大いに栄えた。現在では、開運・商売繁盛の神として信仰され、大鳥を祀る神社で広く行われている。福を掻きこむことから熊手が売られ、熊手市とも呼ばれる。熊手のほか、おかめ面、宝船、芋頭、切り山椒等を売る露店が並ぶ。

「三の酉に火事が多い」という俗信を広めたのは江戸時代のおかみさんたちとか。酉の市は普通「二の酉」までだが、酉の日は一二日ごとに巡ってくるので、おおむね二年に一回、一一月に三度行われる。浅草や新宿の酉の市に行った男たちはその足で、遊郭や岡場所で遊んだ。一月に一度や二度までは大目に見ても、三度となると家計が持たない。そこでおかみさんたちが火事が多いという噂を広めたという。もちろん、寒くなって火を使う機会が増えるので注意を喚起するためともいわれている。

灯の鍋をぬければ星夜一の酉　　柴田白葉女

―義士の日―　討入りは真夜中だから一二月一五日では？

義士会　討入の日〈一七〇二（元禄一五）年一二月一四日〉

赤穂の四七士が吉良上野介の屋敷へ討入ったのは、真夜中の午前三時ごろ。現在では一五日だが、江戸時代では一日の基準が日の出と日の入、つまり午前五時ごろから翌日の五時ごろまでであったため、午前三時は一四日になる。討入りは幕府に黙認されていたという説が根強く、大石内蔵助自身の手紙の中に「幕府からは何の干渉もない。討ち入るまでそのままにしておくようだ」とある。

じつは家族と生活を守るために、恥を覚悟で、討入りに参加しなかった者の方がはるかに多かった。しかし彼等は不忠義者のレッテルを貼られ、仕官はかなわず、やがて生活に困窮し、行方不明者や、自殺者も出たという。一方、大勢で老人一人を狙うのは如何なものかという人や、吉良贔屓の人も少なくない。

「討入り」だけでは季語にならないので注意。義士の霊をまつり、武士道を称える義士祭（春の季語）は東京高輪の泉岳寺で四月一日から賑やかに行われている。

義士の日のいつとはなしの円座かな　　吉田鴻司

―クリスマス―　クリスマスが初めて祝われたのは？

降誕祭（こうたんさい）　聖誕祭（せいたんさい）　聖夜（せいや）　聖菓（せいか）　クリスマスケーキ

一二月二五日がキリストの生誕日とされたのは四世紀の半ばからのこと。円卓会議で有名なアーサー王が盛大に祝ったという伝説が残るが、史実として残るのは九世紀に、イギリスがアルフレッド大王によって統一されたときに、一二日間のクリスマス祝賀を設けたと記録にある。フランスでは数週間前から準備が始まるし、スイスでは一二月六日の「聖ニコラス（神学者でサンタクロースの起源となったともいわれる人物）の祝日」から始まり、一二月一三日の「聖ルチアの祝日」から始まる国もある。ルチアとは一二月一三日に殉教したシシリー島の乙女。スウェーデンではこの日にプレゼントを交換する。

日本での最初のクリスマスは川中島の合戦の翌一五六二（永禄五）年、堺市の切支丹が祝ったことが、宣教師ビレラの手紙に記されている。日本と違い、欧米では有給休暇を使い一〇日以上のクリスマス休暇に入る。

ヘッドライトに老人浮かぶ聖夜かな　　鈴木鷹夫

―聖樹(せいじゅ)―　聖樹＝クリスマス・ツリーはなぜもみの木？

クリスマス・ツリー　サンタクロース　聖夜劇(せいやげき)

クリスマス・ツリーを立てるようになったのはフランスのアルザス地方が発祥とされる。もともとこの地方には、五月祭に「マリエン」と呼ぶ飾りをつけたもみの木を立てる習慣があったのだ。そこにろうそくを灯してクリスマスを祝ったのは、一六世紀の宗教改革者マルチン・ルターたち。枝の間から見える星空の美しさを子どもたちに伝えるために、星空を再現したのだ。もみの木を選んだのは、クリスマスの時期に最も緑が濃い針葉樹で、しかも教会の尖塔に似ていたからだったといわれている。クリスマス・ツリーのモデルは神聖な教会だったのである。

一般的な習慣になったのは一九世紀から。ちなみに豆電球を飾るようにしたのはトマス・エジソンの共同経営者エドワード・ジョンソンで、一八八二年のことだった。一九〇一年にはエジソン・ゼネラル・エレクトリック社がツリー用の豆電球をセットで売り出した。近年は美しいLEDのイルミネーションが師走の街を彩る。

マッチ売る少女の点けし聖樹かも　ふけとしこ

時雨忌（しぐれき）――芭蕉の忌日が時雨忌なのは？

芭蕉忌（ばしょうき）　芭蕉の忌（ばしょうのき）　桃青忌（とうせいき）　翁忌（おきなき）〈一六九四年旧暦一〇月一二日、俳聖松尾芭蕉の忌日〉

万葉の時代から多くの歌人によって時雨（「過ぐる」から転訛した一種の通り雨）はさまざまに詠まれてきた。京都の「北山時雨」が有名だが、「神無月ふりみふらず み定めなき時雨ぞ冬のはじめなりける」（『後撰集』よみ人知らず）が人口に膾炙すると、時雨は、定めなき人生のはかなさを象徴するようになった。芭蕉も大いに好んで詠んでいたことから時雨忌となったようだ。『猿蓑』は芭蕉の「初しぐれ猿も小蓑をほしげ也」に始まり、以下、蕉門一二人による時雨の句がずらりと並ぶ。五一歳でこの世を去った陰暦一〇月一二日は時雨月で、折しも初時雨の時期だった。近江を愛した芭蕉は、「骸（から）は木曾塚に送るべし」の遺志どおり義仲寺に葬られた。

西行、宗祇、良寛、井月（せいげつ）、放哉（ほうさい）、山頭火（さんとうか）など漂泊の人々も時雨の名歌、名句を残している。雨とは関係ない時雨も生み出された。蟬時雨（夏）、虫時雨（秋）、露時雨（秋）、落葉時雨（冬）など、四季のある日本ならではの美しい言葉である。

時雨忌といふ言葉好き斯（か）く記（しる）す　星野立子

一茶忌 じつは恐るべき性豪!?

〈一八二七年旧暦一一月一九日、俳人小林一茶の忌日〉

信濃柏原で生まれ、三歳で母を失った一茶。八歳のとき迎えた継母と不和で、一五歳のころ江戸へ奉公に。竹阿、素丸に師事して俳諧の道に入った。父の没後、継母子と一〇年も遺産を争い、二分することで解決。帰郷して妻帯したのは五二歳で、相手は二八歳の菊だった。『七番日記』には夜の営みの回数まで事細かに記されている。中でも驚くのは文化一三年八月八日の「夜五交合」。実家から戻った菊との交わりの回数だ。菊との間に四人の子どもをもうけるが、次々に失い、六一歳の時にまだ三七歳の菊をも失ってしまう。二度目の結婚は六二歳。相手は雪といったが、二年で離別。三度目の結婚は六四歳。相手はやを。火事に遭って土蔵に起臥するうち、再度の中風のため六五歳で死んでしまうが、その直前までの営みの記録が残されている。

生涯二万句以上もの俳句を残し、率直に主観を吐露した独特の俳句世界を確立した。金子兜太は「荒凡夫」というその生き方に深く共鳴していた。

一茶忌や人より雀多き里　稲畑廣太郎

蕪村忌(ぶそんき)――輝ける「老人の星」

春星忌(しゅんせいき)　夜半亭忌(やはんていき)　〈一七八三年旧暦一二月二五日、画家・俳人与謝蕪村の忌日〉

蕪村が六〇歳を過ぎてから洛中を描いた「夜色楼台図」。その画業は池大雅、円山応挙と並び称される。この画を入手するために、川端康成は家を買うのをやめたという。現在は国宝に指定され、個人蔵になっている。

蕪村は江戸で内田沾山(せんざん)、早野巴人(はじん)に俳句を学び、芭蕉を慕い、僧の姿で絵を売りながら東北を旅していたようだ。浪漫的、抒情的作風の俳句にとどまらず、和詩「春風馬堤曲」などの優れた作品もある。四〇歳を過ぎて妻帯し、京都に落ち着いたものの、生活は貧しかった。芸者・小糸との恋に落ちたのは還暦を過ぎてから。最晩年には俳画という新しいジャンルも確立。その代表作が「奥の細道図屏風」。子規が『俳人蕪村』で再評価したことで、その名は確かなものとなった。

俳句と絵画の両方でこれほど一流になれた天才的人物は、日本史の中でも稀有だ。しかもその両方が晩年に大きく開花している。輝ける「老人の星」といったところか。

長堤に雲を追ひたり蕪村の忌　　奥坂まや

―漱石忌(そうせきき)―　大文豪のエピソードの数々

〈一九一六年一二月九日、文豪夏目漱石の忌日〉

一八七三(明治六)年に布告された徴兵令、その適応は青森県までだった。東京在住だった漱石は、戸籍を一時的に北海道岩内町に移し、徴兵を逃れたという。また、初めて見合いの話があったときには写真館に頼んで急ぎ、顔のあばたを修正してもらい、二九歳で鏡子と結婚。子規が大親友だったから、俳句の腕前も群を抜いている。漱石没後一〇〇年にあたった二〇一六年、新潮社が出版したトリビア集には次のようにある。「ひと月に4kgのジャムを舐めた。執筆にゆきづまると鼻毛を抜いて原稿用紙に並べた。最期のことばは、「何か喰いたい」。葬式の受付係は、芥川龍之介だった。日本でいちばん売れている文庫本は、新潮文庫『こころ』。『こころ』は、自費出版だった。一生を借家で過ごし、生涯に17回引っ越し、作家としての活動期間は、わずか12年。2男5女のビッグダディ。総理大臣からの宴会の誘いを断った」……傑作な逸話いっぱいで、私たちを楽しませてくれる大俳人でもある。

漱石忌戻れば屋根の暗さ哉　内田百閒

―白秋忌（はくしゅうき）― 姦通罪で一ヶ月獄中に

〈一九四二年一一月二日、詩人北原白秋の忌日〉

北原白秋は与謝野鉄幹の「明星」を拠点に活躍を開始。俳句、短歌、詩、童謡、民謡、小唄、歌論、随筆等で卓抜した才能を発揮した。明治から昭和にかけ、生涯の著作は二〇〇冊を超え、これほど画期的な総合詩人は再び生まれないだろうとさえいわれる。句作は一九二一（大正一〇）年頃から晩年まで及んだ。

詩集『邪宗門』で一躍有名になった二五歳の時、隣りに住む背の高い色白の美しい人妻、俊子と恋に落ちる。やがて俊子の夫に姦通罪で訴えられ、二人とも獄に下る。三〇〇円の慰謝料で、一ヶ月で釈放されたものの、生活はどん底状態に。離婚が成立した俊子と結婚できたものの、派手好きな俊子は貧乏に耐えきれず一年で破綻。その後、裕福な商家に育った情熱的な歌人、江口章子（あやこ）と再婚したが、今度は妻に不倫、駆け落ちされてしまう。白秋が大成できたのは、糟糠（そうこう）の妻、佐藤菊子と再々婚してからだった。最後の五年間はほぼ失明状態だったが、菊子が白秋の目となって支えた。

あかしあの実莢（みざや）鳴るなり白秋忌　　宇野隆保

一熊（くま）一　熊は冬眠中に出産する

黒熊（くろくま）　月輪熊（つきのわぐま）　犬熊（いぬぐま）　赤熊（あかぐま）　白熊（しろくま）　北極熊（ほっきょくぐま）　熊狩（くまがり）　羆（ひぐま）　熊穴（くまあな）に入（い）る

日本には北海道の巨大な羆、本州以南では胸にV字の白斑のある月輪熊などがいる。月輪熊は敏捷で樹にも上る。雑食だが植物を好んで食べている。春は独活（うど）やぜんまい、夏はブナの若芽、木苺、桑の実、秋は栗、山葡萄、アケビ。冬眠前には大量の団栗（どんぐり）を食べる。植物以外では魚や蟹、昆虫などが好物だ。

熊が冬眠するのは、冬季に餌が無くなり、肉食類では最も大きな体を維持するのが大変だからといわれている。体に厚い皮下脂肪をつけ、この皮下脂肪が厚くなると、冬眠中枢が刺激を受けて冬眠に入る仕組みだ。皮下脂肪を分解して、エネルギーに変えつつ、冬季を堪える。その間、排尿も排便もなし。動物園の熊は冬眠を必要としない。雌熊は冬眠中に出産するというから驚く。二頭のことが多く、ネズミぐらいの大きさしかない。赤ん坊熊は食事をとらない母熊の乳だけで育つ。春になると文字通り〝身を削った〟母熊は、フラフラになって？　成長した子熊とともに穴を出る。

羆見て来し夜大きな湯にひとり　本宮銑太郎

狐（きつね）――狐の嫁入りって何のこと？

赤狐（あかぎつね）　黒狐（くろぎつね）　銀狐（ぎんぎつね）　千島狐（ちしまぎつね）　北狐（きたきつね）　十字狐（じゅうじぎつね）　冬狐火（きつねび）　狐罠（きつねわな）

尾が太く、耳は大きく、口がとがった狐。夜行性で、鼠や小鳥、植物も食べる。性質は怜悧で、注意深い。一夫一婦性といわれ、稲荷神の使いでもある。

「狐の嫁入り」とは闇夜の山野に、燐火が点々と連なっていることをいった。昔の嫁入りでは、夜、たいまつや提灯をかざして行列をつくった。しかしどこにも婚礼の気配はないのに、山野に点々と火が連なっているのが見られると、狐が人間の嫁入り行列の真似をしている、と言われたのが由来だ。

もう一つの意味は、日が照っているのに、にわか雨の降ること。両方とも、異様な光景で、狐に化かされているような錯覚から、この言葉が生まれたのだろう。

狐は肉食で手に入れた肉をいったん土に埋めてから掘り出して食べる習性がある。そのため、死骸の燐が燃えるところに狐は引き寄せられるという。その点からも化けるイメージが広がったようだ。

雌狐の尾が雄狐の首を抱く　　橋本鶏二

―狸(たぬき)― 狸寝入りは本当にあるのか？

たのき　子狸(こだぬき)　狸飼(たぬきか)う　狸汁(たぬきじる)　狸罠(たぬきわな)

狸といえば、「文福茶釜」「かちかち山」などのお伽話をはじめ、「腹鼓を打つ」「狸親父」「狸顔」「狸蕎麦」などの言葉で何かとなじみも深い。ところで、都合の悪いときに寝たふりをするのを「狸寝入り」というが、じつは狸は非常に憶病な生き物で、銃などでズドンと一発近くに聞いたときに、そのショックで気を失うことがある。正気に戻った時にはあわてて逃げだす。けっして人を騙すための死んだふりではない。もっと気が弱いキョンという鹿の一種は、人間が捕まえただけでショック死にいたるという。英語には「fox sleep」（狐寝入り）という言葉がある。狐はじっさいに死んだふりをして近づいてきた鳥を襲ったりするからだ。

狸の傍題に貉(むじな)があるが、二つはまったく別の生き物で、貉は、貛(あなぐま)のこと。いい意味には使われない「同じ穴の貉（狐）（狸）」という諺は、実際に貛が掘った巣を狸や狐が利用していることから来ているようだ。

子狸も親に似ているふぐりかな　青木月斗

兎(うさぎ)—兎の耳はなぜ長い?

野兎(のうさぎ)　雪兎(ゆきうさぎ)　越後兎(えちごうさぎ)　兎汁(うさぎじる)　飼兎(かいうさぎ)　兎罠(うさぎわな)

「因幡(いなば)の白兎」「兎と亀の駆け比べ」等、狸と同様お伽話でも親しまれている兎。野兎は茶褐色だが、家兎は白が多い。兎の耳をよく見ると、血管が網の目のように張りめぐらされている。兎はほとんど汗をかかないため、耳を外に出して、外気に当て、血液を冷やして体温調節している。野兎には天敵が多く、追いかけられると、時速七〇キロメートル以上で逃げる。そのためにピンと耳を立てて、冷却装置を働かせつつ、後ろ足を強く蹴って、まさに「脱兎のごとく」逃げる。

また、野兎は夜、単独で動いて農作物や若木を食い荒らす。その時に身を守るため、音には敏感で、集音装置として耳が発達したといわれている。

この二つの理由から、兎の耳が長くなったようだ。兎は柔らかい自分の糞を食べる。これは「盲腸フン」といわれ、これによって必要な栄養を取る。一回では吸収できないので一度排泄してから再度取り入れているのだ。

吹越に大きな耳の兎かな　　加藤楸邨

―狼(おおかみ/おほかみ)―

狼は情愛が深いマイホームパパ

山犬(やまいぬ)　ぬくて

狼狽とは、あわてふためく、うろたえること。「狽」は中国の伝説上の動物で、オオカミの一種だが、「狼」は後ろ足が短く、「狽」は前足が短いという。そのため、「狼」と「狽」は行動を共にし、支え合っていて、引き離されると大いにあわてることから「狼狽」「周章狼狽」の言葉が生まれたという。

人家近くの鳥獣を襲い、恐るべきこと「大神」のごとくだったので、オオカミと呼んだらしい。意外にも雄はマイホームパパの典型で、一夫一婦制の集団をつくり、狩りも、子育ても夫婦互いに助け合いながら行う。狼同士の情愛の深さは無類といってもいいほどで、シートンもいくつかの実話を残している。集団に入れない「一匹狼」はじつは弱い。一方、一人歩きの人間を追って来て襲うことから、俗に「送り狼」といわれた。日本でもかつては多く生息していたが、一九〇五(明治三六)年に奈良県東吉野村で捕獲されたのが最後という。

絶滅のかの狼を連れ歩く　　三橋敏雄

―むささび―　むささびは睦まじい別居生活!?

ももんが　晩鳥（ばんどり）

歳時記にはむささびの傍題にモモンガがあるが、むささびとモモンガはまったく別の動物。分類学上はどちらも齧歯目（げっしもく）リス科だが、決定的な違いはその大きさ。モモンガはリスぐらいの大きさで二〇センチに満たず、尾の長さも一〇〜一四センチしかない小動物だ。一方、むささびは大きさが猫ほどで三〇〜五〇センチ、尾の長さも三〇〜四〇センチ。滑空距離もモモンガは五〇メートル程度だが、むささびは時に一〇〇メートル以上も飛ぶ。足の間の大きな飛膜を広げて滑空する。

むささびは穏和な夜行性動物で、木の実や若芽などを食べる。一夫一婦制を堅持しているが、日常はそれぞれ別の木の洞にすみ、別居生活を送る。赤ん坊は雌の乳房に吸いついたまま飛ぶこともある。ところが雌は赤ん坊を寝かしつけると、そっと巣を脱け出して、通い慣れた最短距離を使い、一気に雄の元に空を飛んでいく。羨ましいような通い婚スタイルだ。

むささびや膳にきよらな山のもの　太田鴻村

―鷹(たか)・鷲(わし)― 鷹と鷲の驚異的視力！

鷹渡(たかわた)る　隼(はやぶさ)　のすり　刺羽(さしば)　大鷹(おおたか)
大鷲(おおわし)　犬鷲(いぬわし)　尾白鷲(おじろわし)　荒鷲(あらわし)

鷲は鳥類の中ではもっとも体が大きく、鳥の王ともいわれる。万葉時代はたくさんいたようだが、今は数も種類も少ない。鷹や鷲の悠然と舞う姿は威厳があり、うっとりしてしまうが、その視力が凄い。北米に棲む白頭鷲は高度三〇〇〇メートルから五キロ先の魚を見つけたという記録がある。禿鷲は一五〇〇メートルの上空から獲物を狙い、鷹は一〇〇〇メートル先の鳩を見つけ、隼の仲間は八〇〇メートル先を飛んでいるトンボを捕獲するという。

古来、鷹狩りで活躍するのは大鷹、犬鷲、隼などの雌である。雄よりも大きく力強いのだ。今でも正月には東京の浜離宮恩賜庭園(はまりきゆうおんしていえん)で、放鷹(ほうよう)の実演が見られ、ここには女性の鷹匠(たかじよう)も来る。ところで禿鷲、禿鷹、コンドルなどの頭部に毛がないのは、食べ残した肉の塊に頭を突っ込んで食べる際、毛がない方が都合がいいので禿げていると考えられている。

大鷲の瞳は人の世に向はざる　下村非文

―梟（ふくろう／ふくろふ）―

梟が持っている隠し芸とは？

ふくろ　梟鳴く（ふくろうなく）　梟淋し（ふくろうさびし）　母食鳥（ははくいどり）　しまふくろふ　しろふくろふ

まずは、目。鳥にしては珍しく、両目が顔の正面にあり、眼球が眼窩に固定されているため眼球を自由に動かせない。とはいえその眼は大きく、夜のごくわずかな光を集めることができ、鳥目とは無縁だ。視界は正面を向いたままだと一一〇度しかない。狭い視野では自然界で生き抜けないので、他の鳥類にはない〝芸〟を獲得した。頭が回転する角度が左右に二七〇度ずつで、真後ろを見渡せるのだ。

耳はその左右の大きさと位置にずれがあるため、獲物の発する音源を水平、垂直両方向から捉えられるという。聴覚だけで、八メートルほど先にいるネズミを捕まえたという記録も。さらに羽はエネルギーを熱に変えて羽音を消せるという研究結果もあり、音を立てずに飛べるのだ。「森の忍者」といわれる所以だ。不吉な鳥とする文化圏もあるが、「ミネルヴァ（知恵の女神）の梟は黄昏に飛ぶ」（ヘーゲル）は有名。人間も老いを迎えてようやく知恵を獲得するとも解釈されている。

抱かれたし白ふくろふの子となりて　　森尻禮子

一鯨（くじら・くぢら）一　鯨はどうして一時間以上も潜れるのか？

勇魚（いさな）　抹香鯨（まっこうくじら）　白長須鯨（しろながすくじら）　長州鯨（ながすくじら）　鯨浮く（くじらうく）　座頭鯨（ざとうくじら）

人間は一〇メートルも潜ると潜水病になり、死に至ることもある。同じ哺乳類の鯨は、なぜ平気なのか。普段は数十メートル潜る程度だが、時として、長須鯨は五〇〇メートル、抹香鯨は頭に詰まっている四トンもの脳油を〝重し〟にして、一時間もかけ、一〇〇〇メートル以上潜ることがある。一〇〇〇メートルは一〇一気圧にもなり、ドラム缶も潰れてしまう驚異的な圧力だ。

わずか一呼吸でこれが可能なのは、肺が柔らかいこと。潜ると肺も水圧で縮み、肺胞のガス交換が無くなる。また、一回の呼吸で肺の換気量が、人間が一五〜二〇パーセントなのに対し、鯨は八〇〜九五パーセントと、効率がいい。そのため失われた酸素を、短時間で血液や筋肉に届けることができる。さらに、潜ると心臓の動きが遅くなり、血液中の酸素が失われるのを防いでいるという。白長須鯨は動物の中でもっとも大きく全長約三〇メートル、体重は一五〇トンに達するものもいる。

京に入りて市の鯨を見たりけり　泉　鏡花

水鳥(みずとり・みづとり)――水鳥やペンギンが凍傷や霜焼けにならないのは?

浮寝鳥(うきねどり)　水禽(すいきん)

鴨、雁、鴛鴦(おしどり)、白鳥、鷗、鳰(かいつぶり)……等の水鳥たちは、凍りそうな寒い池や湖でも平気で泳いでいる。この鳥たちには体内と体外に異なる体温があると考えればわかりやすい。全体としての体温は四〇度前後という高温なのだが、外部に露出され、雪や氷、冷水に接触する足の部分はそれよりはるかに低く、常に低温に保たれている。鶴と同様、血管が網の目のように張りめぐらされた〝ワンダーネット〟と呼ばれる熱交換装置があるのだ(詳細はこのあとの鶴の項参照)。また羽根には多くの暖かい空気が閉じ込められていて、断熱と撥水作用を持っている。尻には脂を出す部分があり、それをくちばしで常時、羽根につけているという。

鳥にはさらに気嚢と呼ばれる薄い膜でできた呼吸器官が肺に連結されていて、息を吸うときも吐くときも肺に酸素を送り込める。その酸素の量は哺乳類の二・六倍だ。それによって空気の薄い高空の長時間飛行が可能となる。

水鳥のあさきゆめみし声こぼす　青柳志解樹

—鶴(つる)—　凍鶴が凍りつかないわけ

丹頂(たんちょう)　鍋鶴(なべづる)　真鶴(まなづる)　姉羽鶴(あねはづる)　黒鶴(くろづる)　凍鶴(いてづる)

冬を日本で過ごす鶴は、浅瀬や湖沼、氷上等で眠る時は一本足で立ち、首を背に埋める。片足を羽毛にしまいこむことで、体温の無駄な発散を防いでいるという。その秘密は体を支えている足の付け根にある。血管が網の目のように張りめぐらされた〝ワンダーネット〟と呼ばれる、一種の熱交換装置だ。足先から冷やされて戻った静脈血が、体内から送られてきた熱い動脈血の熱を奪って、温められ体内に戻る。そうして熱を奪われて冷たくなった動脈血が、今度は足先に向かう。足先は冷たいので、氷に穴があいたり、氷に足が張りついたりせずに、氷の上でも平気で眠ることができるのだ。身じろぎもせず、凍ったように片足で立つ鶴を「凍鶴」という。

鳥は鳴管という器官から声を発するが、鶴は鳴管を動かす筋肉が発達している。さらに首が長い分、器官が長く、トランペットのように増幅された鳴き声が、一帯に響き渡る。これが「鶴の一声」である。

一歩踏み出だす容に鶴凍てぬ　野中亮介

鴨（かも）

鴨と合鴨はどこが違うのか？

真鴨（まがも）　小鴨（こがも）　葦鴨（あしがも）　鴨（かも）の陣（じん）　鴨（かも）の浮寝（うきね）　鴨（かも）の声（こえ）　月（つき）の鴨（かも）　夕鴨（ゆうがも）
春 春（はる）の鴨（かも）　引鴨（ひきがも）　夏 通（とお）し鴨（がも）　秋 初鴨（はつがも）

鴨はカモ科の鳥の総称。川や湖沼、海上、湾、荒磯等に生息する。早朝や夜間に草の実などの餌を取り、昼間は群れをなして休んでいる。秋、雁と同じ頃に飛来し、春に北方に帰る。鴨肉は美味で狩猟家にとってはたまらない魅力である。猟期は都道府県によって多少異なる。

「鴨がネギをしょって来る」（鴨葱）という言葉があるが、これは鴨が葱を背負って来ればすぐに鴨鍋ができるところから、おあつらえ向き、あるいはお人好しが利益になるものを持ってくることなどの意味となる。

鴨と呼べるものはすべて野生。いっぽう合鴨は中国で作られた真鴨とアヒルの交配雑種である。アヒルは真鴨を改良して作ったもので、合鴨にアヒルを含めることもある。よく鳴くためナキアヒルともいわれ、鴨猟のおとりに使われたりもする。アヒルの代表は北京種、これが北京ダックである。

後ろ手に歩むは鴨の気持かな　　こしのゆみこ

―鮫(さめ)― モテ期の雌は傷だらけ

鱶(ふか)　青鮫(あおざめ)　猫鮫(ねこざめ)　鋸鮫(のこぎりざめ)

鮫は紡錘形で鰭(ひれ)が発達し、いわゆる鮫肌。口は体の下面につき、歯は鋭い。大きな種を鱶と呼ぶ。肉は柔らかく蒲鉾の材料とされ、その鰭は高級中華料理に使われる。アメリカのインターナショナル・シャーク・アタック・ファイルによれば一九五九～二〇〇三年の四四年間にアメリカ沿岸で落雷で亡くなったのは一八五七人。いっぽう鮫による死者は二二人だった。他の調査でも、鮫に襲われて死ぬ確率は、雷に打たれて死ぬ確率の約一〇〇分の一と判明している。約四〇〇種類いる鮫の中で頻繁に人を襲うのは一〇種類ほどに限られる。鮫は目が悪く、主に嗅覚と聴覚によって獲物を捕える。一〇〇万倍に薄められた血液の匂いも感じ取るという。

鮫の漢字のつくりは「交」。ほとんどの魚は体外受精だが、鮫はめずらしく交尾をするので「交」が使われているという説もある。求愛が獰猛で、雄は雌にかじりついて迫る。モテる雌は繁殖期には体中が傷だらけになるという。辛いものがある。

鮫の歯のひそひそ嚙みし紅葉かな　谷川　雁

一鮪一　鮪も溺れる

鮪釣り　鮪船　大鮪　黒鮪　鮪網　しび　めばち

二〇一九年の初競りは平成最後で、しかも豊洲市場最初となった。青森県大間産の黒鮪（本鮪とも。秋から冬にかけ三陸から北海道で獲れる）二七八キログラムが、大手すしチェーンによって三億三三六〇万円で競り落とされた。一キロ一二〇万円だ。世界で獲れる鮪の約半数は日本で消費される。刺身鮪の消費大国だからだ。とくに筋が少ないあぶら身はトロと呼ばれ珍重される。

鮪は遠洋性回遊魚で、体長二メートル、体重は数百キロにも達する。この巨体を養うために大量の鰯などの餌を得るため、また鯱等の天敵からも逃げるため、泳ぎの最高時速は一六〇キロにもなる。この速さを出すために見事な紡錘形で、背びれ、胸びれなどは泳ぎの邪魔にならないように小さい。夏の終わりに関東沿岸に姿を現し、北上。太平洋を横断してアメリカ西海岸まで泳ぎっぱなしで渡る。泳いでいる時しか呼吸しないため、スピードを落として溺死することもあるという。

鮪揚ぐ沖曼陀羅に茜雲　　水見悠々子

―鰤(ぶり)― ハマチと鰤は別の魚?

寒鰤(かんぶり)　初鰤(はつぶり)　鰤起(ぶりお)こし　鰤網(ぶりあみ)・鰤場(ぶりば)　塩鰤(しおぶり)　大鰤(おおぶり)　入道(にゅうどう)　大魚(おおいお)

鰤は育つに従って名前を変えることから出世魚といわれる。はじめ藻にくっついている稚魚はモジャコ。体長約一五センチになると、ツバス（関西）やワカシ（関東）、四〇センチ前後をハマチ（関西）やイナダ（関東）、六〇センチ前後をメジロ（関西）やワラサ（関東）、約七〇センチ、重さ六キロ以上を全国で鰤と呼んでいる。それ以上を、富山で大鰤、新潟で入道、和歌山で大魚などと呼ぶ。

ハマチはもともと鰤の青年期の関西の名称だ。いつのまにか独立した魚のようにいわれるがそうではない。海産魚類の養殖の中で最も盛んなのが鰤（養殖魚生産量の約四割）で、年間で消費される一五万トンが養殖ものだ。とくに瀬戸内海は養殖に適していて、全国の一割程度の養殖鰤が生産されている。

親潮に押されながら南下する天然の寒鰤が最もおいしく、漁期は一二月から一月。北陸では、この漁期の雷鳴を「鰤起こし」と呼ぶ。

鰤網に大きな波の立ち上り　上村占魚

河豚(ふぐ)――海にいるのになぜ「河豚」?

ふくと　虎河豚(とらふぐ)　赤目河豚(あかめふぐ)　真河豚(まふぐ)　河豚提灯(ふぐぢょうちん)　図河豚鍋(ふぐなべ)　河豚酒(ふぐざけ)

〝ふぐ〟は防御と威嚇のために怒ると腹が〝ふく〟れることから付いたともいわれる。また、ブーブーという鳴き声が〝豚〟に似ている。中国では、むかしから揚子江、黄河などの大河に生息していたために、この名がついた。日本の川では釣れないのに河豚とされたのは、すでに海豚(いるか)がいたためである。

「河豚は食いたし、命は惜しし」と言われるが、その毒はテトロドトキシンと呼ばれ、無味、無臭、無色で、ふぐの肝臓や生殖器などに含まれている。調理は専門試験に合格した人のみ許されている。毒性は個体や季節で変動するが、青酸カリの一三倍。耳かき一杯弱(〇・五グラムで)体重五〇キロの人が死に至るという。日本での食中毒死亡者の過半を占めている。河豚刺しは皿の絵柄が透けて見えるほどに薄く切って並べられる〝薄造り〟だが、これは身が締まっていて固いので、分厚く切ったのでは嚙み切れないからだ。鰭酒もうまく、白子は珍味だが食べられる河豚は限られている。

極道に生れて河豚のうまさかな　吉井　勇

―海鼠(なまこ)―　海鼠は口と肛門がいっしょで世界一力持ち!?

酢海鼠(すなまこ)　海鼠腸(このわた)　金鼠(きんこ)　とらご　海参(いりこ)　海鼠売(なまこうり)　海鼠舟(なまこぶね)　海鼠桶(なまこおけ)

海鼠は種類が非常に多いが、食用とされているのは真海鼠のみ。その風貌から諧謔の餌食にされているが、最初に食べた人の勇気と空腹をたたえたい。

円筒形で体長約三〇センチ、口の周りに環状の触手が並ぶ。不思議な生態で、口と肛門は兼用である。海底の砂や泥を海水ごと取り入れ、有機物を消化し、栄養にした後、不用な物を口（肛門）から吐き出す。また外敵に襲われると、口（肛門）から白い粘り気のある管（腸？）を吐き、敵にからみついたりする。眼はなく、脳も未発達。夜行性で明るいときは海底の砂や泥に頭を突っ込んでいて、暗くなると動き出す。海水を通して目の代理にし、光を感知するのは何と肛門（口）だそうだ。

世界一深いマリアナ海溝（約一万一〇〇〇メートル）、それに続いて深いフィリピン海溝の底から海鼠が採取されている。海底の水圧は約一〇〇〇トン。大型ダンプカー一〇〇台分の重さだ。その重さにつぶされない風貌をながめつつ味わおう。

海鼠嚙むそれより昏き眼(まなこ)して　中村苑子

—牡蠣(かき)— 牡蠣はなぜ牡の文字が入っているのか？

真牡蠣(まがき)　酢牡蠣(すがき)　牡蠣飯(かきめし)　牡蠣筏(かきいかだ)　牡蠣売(かきうり)　牡蠣殻(かきがら)　牡蠣割女(かきわりめ)

グリコーゲンなどに富み「海のミルク」といわれるほど栄養価が高い牡蠣だが、なぜか「牡(おす)」の文字が使われている。これは牡蠣には牡しかいないと勘違いされていたせいである。牡蠣を裏返すと白い。その白から白子（精巣）を思い浮かべ、白っぽい牡蠣はすべて牡と思われていたらしい。不思議なことに牡蠣は繁殖期にのみ牡と牝に分かれ、後の時期はすべて中性を保つという。そしてこの繁殖期に子どもが生まれる。たっぷりと栄養を取った牡蠣は牝になり、栄養が足りなかったものは牡になる傾向が強いとか。子は一度石などに張りつくと、そこから動けない性質を持っている。

牡蠣には生食用と加熱用があるが、生食用は海水の細菌が一定以下の海で養殖されている。いっぽう、加熱用の牡蠣にはそうした基準がなく、獲れたまま店頭で売られているので必ず加熱しなければならない。牡蠣好きは多く、シーザーがイギリスを攻めたのも牡蠣のため。ナポレオンが遠征したのも、そのためと言われているほど。

音もなく牡蠣を啜れり夜の老婆　鈴木六林男

―蜜柑(みかん)―

蜜柑は酸っぱいのにアルカリ性？

温州蜜柑(うんしゅうみかん)　伊予蜜柑(いよみかん)　蜜柑山(みかんやま)　蜜柑村(みかんむら)　蜜柑摘(みかんつ)む　蜜柑(みかん)もぐ

蜜柑の酸っぱさの元はクエン酸だが、蜜柑はアルカリ性食品の代表。化学的な意味での酸性、アルカリ性と、食品としての酸性、アルカリ性はまったく別のものだ。化学的な意味では、その物質の水溶液が酸性かアルカリ性かで決まり、蜜柑汁は酸性である。いっぽう、食品としての性質は、消化吸収された後の物質の形で決まる。蜜柑に含まれているカルシウムやカリウム等が、血液をアルカリ性にするので、アルカリ性食品。他の果物、野菜、海藻なども同様にアルカリ性食品だ。他方、穀類や肉、魚等タンパク質を多く含む食品は、イオウやリンなどを含んでいるため、酸性食品が多い。ところで買った蜜柑が酸っぱい時には、揉んでみる、お湯につける、太陽に当てる、電子レンジでチンする等の方法で酸っぱさの元のクエン酸を消費することにより、甘さがぐんと増す。お試しあれ。

子の嘘のみづみづしさよみかんむく　赤松蕙子

―水仙(すいせん)―　水仙はなぜ和歌に詠まれていないのか？

水仙花(すいせんか)　雪中花(せっちゅうか)　水仙咲(すいせんさ)く　野水仙(のずいせん)　春　黄水仙(きずいせん)　喇叭水仙(らっぱずいせん)

水仙は酷寒に花開き、一重、八重があり、清楚でいい香りを放つ。平安時代末期には中国から渡来していたと言われる。室町時代になって一休禅師が『狂雲集』で「美人ノ陰ニ水仙花ノ香有リ」と、エロティックなもののたとえに詠んでいる。和歌になぜ詠まれなかったのかというと、水仙は都からはるかに遠い辺鄙な海辺や岬などにひっそりと咲いていたからだと思われる。越前岬、淡路島南岸斜面、南伊豆の爪木崎、高松市男木町洲鼻、長崎の野母崎など各地に群生している。

学名「Narcissus（ナルシサス）」は、ギリシア神話に登場する美少年ナルキッソスに由来。彼は多くの男女に言い寄られるがことごとく拒否。そこで義憤の女神ネメシスの怒りに触れ、ナルキッソスは水に映る自分に恋をしてしまい、水死してしまう。ナルシシズムという言葉もここから生まれた。花言葉は「自己愛」「うぬぼれ」。水仙には数種類の有害成分がある。韮(にら)とまちがえて食中毒を起こさないよう要注意。

水仙の群落海彦棲む岬　川村紫陽

―葱(ねぎ)―　葱が「一文字(ひともじ)」と呼ばれるわけは？

根深(ねぶか)　深葱(ふかねぎ)　ひともじ　葱畑(ねぎばたけ)　青葱(あおねぎ)　葱汁(ねぎじる)　根深汁(ねぶかじる)　葱雑炊(ねぎぞうすい)　葉葱(はねぎ)

葱の原産地は中央アジアあたりで、日本には奈良時代以前にもたらされた。玉ねぎ、にんにく、韮、ラッキョウと同じ仲間で、独特のにおいは「硫化アリル」によるもので、涙を誘うのもこの成分。しかし体を温め、ウイルスに対する抵抗力をつけるなど八面六臂の活躍をしてくれる。しかも、匂いを嗅ぐだけで、精神を安定させ、緊張をほぐし、寝つきをよくする働きもあるという。

葱の古名は、においが強いという意味の「気」「奇」で、それを語源として和名は「き」となり、やがて「き（葱）」の根の部分を食べることから「根葱」、葉の部分も食べることから「葉葱」と呼ばれるようになった。葱が女房詞(にょうぼうことば)で「一文字」と呼ばれるのは、和名が「き」一字であったことに由来する。女房詞は室町時代、御所に仕える女性たちの隠語で、上品な言葉使いとして、町家の女性にも広がった。ちなみに「二文字」は韮のことで、春の季語になる。

夢の世に葱をつくりて寂しさよ　永田耕衣

一大根一　大根おろしはどうして辛い？

だいこ　おほね　すずしろ　大根畑　青首大根　土大根　干大根　煮大根　大根汁

大根は、刻んでも煮ても辛みは感じないのに、おろすと辛くなる。おろすことで大根の細胞が破壊されて「イソチオシアネート」という成分が発生し、辛みとなるから。この成分は先端のほうにより多く含まれており、頭のほうが甘い。一番辛いのはおろしてから七〜八分後。ただ、おろすときに力を入れずゆっくりとおろすと辛みが和らぐ。イソチオシアネートは揮発性なので、一時間もするとほとんど辛くなくなる。栄養もなくなるが……。熱に弱いので、電子レンジで数秒チンしてもよい。

大根は種類が多く、練馬（東京）、宮重（愛知）、聖護院（京都）、守口（岐阜）、等々……。鹿児島の桜島大根はギネスブックに認定された世界一大きな大根で、重さは通常六キロ（大きなものになると三〇キロ）、直径は三〇センチ以上だ。

「大根役者」とは、どう料理しても決して「食あたりしない」（あたらない）ところから来ている。または大根の白さに素人のシロをかけているともいわれる。

流れ行く大根の葉の早さかな　　高浜虚子

新年

搾乳のあらたまの白ほとばしる　大野崇文

一月一日　元日・鶏日（けいじつ）　年が改まり、お節料理を食べ屠蘇で祝い、初詣に出かける。
一月二日　狗日（くじつ）　初荷、初乗り、初湯、掃初め、書初めなどの行事がはじまる。
一月三日　猪日（ちょじつ）　正月気分もこの日までといった趣もある。この三日間が三が日。
　もっともめでたい日とされ、なお正月らしい気分が続く。
一月四日　羊日（ようじつ）　正月の気分を残しつつ、仕事はじめとする所が多く平常の生活に
　なる。
一月五日　牛日（ぎうじつ）　四日に次いで仕事はじめとする所も多い。
一月六日　馬日（ばじつ）　「若菜（七種（ななくさ）の総称）摘み」で、翌日の七草粥の準備も行われる。
一月七日　人日（じんじつ）　大事な節目で、七日正月ともいわれる。七草粥は地方によって雑
　炊や雑煮のところも。中国の古い慣わしで、元日から六日までの
　それぞれに禽獣を占い、七日には人を占ったことから来ている。
一月一五日　小正月　元日の大正月に対してこう呼ぶが、地方によって日が異なる。
一月二〇日　二十日正月　骨正月とも。残った魚の骨で正月最後の馳走を作る。

小正月（こしょうがつ／こしやうぐわつ）　小正月って何だろう？

望正月（もちしょうがつ）　花正月（はなしょうがつ）　十五日正月（じゅうごにちしょうがつ）　上元（じょうげん）

小正月は元日を中心とする大正月に対して、一月一五日を中心とする前後の期間を指し、正月から七日までの女性たちの苦労に恩返しする期間だ。地方によって異なり、一五日だけの所もあれば、一一日の正月迎えから二〇日の終了までとする地方もある。その間に様々な行事が行われる。

搗（つ）いた餅を小さく丸めて色をつけたもの、あるいはたくさんの団子を木の枝に飾る「餅花」や「繭玉」が作られる。これはたくさんの実が生るという豊作祈願だ。各地で行われている「どんど焼き（左義長）」では正月飾りが燃やされる。重要無形民俗文化財に登録された秋田県男鹿（おが）半島などの「なまはげ」は怠け者を罰する福の神で、この時期に暴れ、酒をよばれたりする。秋田県横手市の「かまくら」も造られ、水神様が祀られ、雪洞の中で子どもたちが甘酒などを飲食しながら、夜まで遊ぶ。小正月から月末までを「花正月」という地域もある。

あたゝかく暮れて月夜や小正月　　岡本圭岳

―門松―　門松はなぜ立てるのか？

門の松　松飾り　飾松　門木　立松　飾竹

正月を迎えるため、家の門口に門松を一本または一対で立てる。これを目印にして年神が降りて来て乗り移る「依代」となり、一年の幸運をもたらすとされる。かつては松に限らず、楢、椿、朴、栗、榊、樒など、その土地に即した常緑樹が立てられ、「門木」とも呼ばれた。鎌倉時代になって、長寿につながるとして、松が一般的になったらしい。松を飾るのも竹を斜めに切るのも、神は尖ったところに宿るのが好きとされているためだ。松を山から伐ってくることを「松迎え」と言った。飾る日は、二九日は「九松、苦待つ」に通じ、三〇日は晦日（月の最終日）飾り、三一日は一夜飾りになるので避けられる。「松納め」は七日前後の所と、一五日前後の地方がある。

また地方によっては門のみならず、家の内外や庭などに立てるところもある。しかし宮中をはじめ、門松を全く立てない土地もまれではない。近年では玄関や門扉に略式の輪飾りすらない家もある。

門松のみどりしづかな雪となる　井沢芹風

橙 ―「橙」は新年の季語？　それとも秋、冬の季語？

代々　回青橙　橙飾る

橙は歳時記によって、秋とするもの、冬とするもの、新年とするものに分かれる不思議な季語。一般的には秋に熟すので秋の季語とするが、新年に飾られるので正月の季語とする歳時記もある。講談社版の日本大歳時記は「橙飾る」として新年にしているが、「橙」だけでは冬の季語としている。また角川書店の俳句歳時記第五版（二〇一八年初版）は秋の季語としている。地域によって熟す時期が違い、また時代によって、少しずつ変わってきた結果なのだろうか。

橙はミカン科の常緑樹で、黄色く熟した実は冬を過ぎても落ちない。そのままにしておくと、翌年の夏に再び緑色を帯びるので、「回青橙」とも呼ばれる。このことから「代々」の意味とされ、永続を示す縁起物として、注連縄や蓬萊台、鏡餅などの正月飾りに添えられる。そのしぼり汁はポン酢（語源はオランダ語のpons＝ビターオレンジ）として鍋料理などに用いられる。

橙の仏頂面を書架の上　根岸善雄

一年玉一　お年玉はなぜ「玉」なのか？

お年玉

お年玉の由来には諸説ある。昔は年神にお供えをしたものを人々に配る賜り物が「お年賜（年玉）」と考えられていた。お供えをした餅を子どもに分けたところから「御年魂」が始まったという説もある。また年神が宿る鏡餅を、雑煮として食べるのは「御霊分け」という。これが変じて「年だま」になった、あるいは鏡餅が丸い（＝玉）ことから来ているという説もある。

お歳暮は、目下の者から目上の者やお世話になった者に贈るが、お年玉はその逆で、目上の者（大人・家長・主人）から目下の者に贈られる。室町時代には家来筋に馬や刀や筆などが、江戸時代には扇子や目笊などが贈られ、子どもには遊具が贈られていた。現在では、もっぱら子どもたちが親族などから贈られる金銭を指し、お小遣い的色彩が濃くなっているようだ。新年の〝祝福の魂を賜る〟という心が忘れられつつある。

一歳へ百一歳のお年玉　大串若竹

屠蘇――屠蘇とはそもそも一体何だろう？

屠蘇祝ふ　屠蘇袋　屠蘇酒　屠蘇散　屠蘇延命散

屠蘇は元日から三が日にかけて飲む薬酒で、一年の邪気を払い無病息災を願う。山椒、肉桂、防風、桔梗、白朮など七〜一〇種類を調合したものが出汁パック（かつては三角形の紅絹の袋）に入っていて、それを酒やみりんに浸しておく。近年まで酒やみりんを買うともらえることもあった。もとは中国の風習で、三国志時代の魏の名医、華佗が処方したという。日本へは平安朝初期の嵯峨天皇の時代に伝わり、宮中で始められた。庶民に広まったのは江戸時代からで、「長幼の序」にならい年の若い順から飲み、そのエネルギーを頂くことになっている。

「蘇」は中国では悪魔の名前で、それを「屠る」とも、邪悪なものを「屠り」新しく「蘇る」という意味から「屠蘇」という文字が当てられたともいわれる。消化を促進し、強心剤にもなり、咳止め効果もあるという。寒さが厳しく、食べ過ぎになりがちな正月に欠かせない「魔よけ」の飲み物だ。ただし飲み過ぎには注意。

我が家には過ぎたる朝日屠蘇祝ふ　戸恒東人

雑煮（ぞうに）——風土の違いが一番出る料理

お雑煮　雑煮箸　味噌雑煮　雑煮祝う　雑煮餅　雑煮椀　雑煮膳

新年を祝う大事な汁もの。その土地の年神様を迎える意味もあり、気候風土によって出汁も具材も違う。餅を入れたり、入れなかったり、餅の形も丸餅だったり、四角だったり。餅を焼く土地もあれば、あんこ餅を入れるところもある。関ヶ原を境にして西は丸餅、東は四角い餅ともいわれる。

汁はすまし汁か、赤味噌か、白味噌か、それとも小豆汁か？　具材は魚か、鶏肉を入れるのか、野菜だけなのか？　野菜は冬だけに根菜類が多くなる。雑煮によって暮らしている風土を改めて実感でき、どんな雑煮を食べてきたかという話は意外と盛り上がる。これほど画一化されていない料理は雑煮の他にないかもしれない。

北海道へは明治になって、本州から移住した人がその習慣を伝えたという。沖縄には今もって雑煮を食べる習慣がなく、正月は「イナムドゥチ」という、豚肉を使用した具だくさんの、白味噌仕立ての汁物を食べる。

何の菜のつぼみなるらん雑煮汁　　室生犀星

お節（せち）　おせち料理にこめられた様々な願い

節料理（せちりょうり）　喰積（くいつみ）　重詰（じゅうづめ）　重詰料理（じゅうづめりょうり）　組重（くみじゅう）　食継（くいつ）ぎ

「おせち」は「御節供」の略。季節の変わり目の「節」に神に供えるい食べ物をいったが、現在では正月三が日に食べる。大切な人を招いて饗応することを「おせち振舞」「椀飯（おうばん）」といい、目上の人をもてなすのを「椀飯振舞（おうばんぶるまい）」といった。

おせち料理はふつう一の重に口取り（黒豆、数の子、昆布巻きなど）、二の重に鯛や鰤などの焼き物、三の重に蓮根などの酢の物、与（よ）の重に牛蒡、八つ頭などの煮物をそれぞれ奇数個納める。黒豆の黒は仏教で厄除けの色で、「まめ」に暮らせるようにとの願いが。数の子は子孫繁栄の願い。昆布巻きのこぶは「喜ぶ」、巻きは「結ぶ」につながる。蓮根は見通しが良くなることを、牛蒡は深く根をはり繁栄することを、八つ頭は人の上に立つ人間になる願いが、それぞれこめられている。栗きんとんの、栗は「勝ち栗」につながる縁起もので、きんとんは「金団」と書き、黄金色に輝く財宝にたとえて豊かさを願う。おめでたいものが、ぎっしり詰まっている。

金銀にまさるくろがね節料理　　片山由美子

―歌留多―　歌留多は人気のギャンブルだった

骨牌　花がるた　いろは歌留多　歌留多会　歌留多遊び　歌留多取り　歌留多箱

歌留多といえば「いろはがるた」、「花札」、「トランプ」も含まれる。花札やトランプは季語にしていない歳時記もある。語源はポルトガル語のcarta（カードの意味）に由来し、「歌留多」「骨牌」などとも書く。室町時代にポルトガル人が伝えた「天正カルタ」が最初のもの。carta は遊びというより、主に博打の道具として使われたために、江戸幕府も博打としては禁じていた。

日本固有の歌留多は藤原定家撰の「小倉百人一首」のほか、平安時代には「貝合わせ」があった。江戸時代になり「百人一首」に代表される歌留多が作られ、正月の遊びになった。一〇歳以下の子どもが「いろはがるた」（地方によって様々なものがある）を、それ以上の男女が「百人一首」を楽しんだ。明治の末にジャーナリスト・黒岩涙香によって、現在のような形になったという。北海道の百人一首は「下の句かるた」（板かるた）と呼ばれ、下の句しか読まれず、下の句を取る遊びだ。

歌留多読む恋はをみなのいのちにて　　野見山朱鳥

―初夢―　初夢っていつ見る夢のこと？

夢祝　夢始め　貘枕　貘の枕　初寝覚　初枕

かつては大晦日から元日の明け方に見る夢を初夢といったが、この晩は夜更かしすることが多いので、現在ではほとんどの地方で、元日から二日の朝にかけて見る夢を初夢と呼ぶ。西行の『山家集』には「立春の朝よみける」として初夢の歌がある。室町時代には吉夢を見るために、宝船の絵札が神社で配られ、それを枕の下に敷いて眠ったという。その絵の脇には回文「長き世（夜）のとをのねぶりの皆めざめ波乗り船の音のよきかな」が書かれていた。また貘の絵を枕の下にして眠ると、悪い夢は貘が食べてくれる（貘枕）という風習もある。

「一富士二鷹三茄子」が吉夢とされているが、これには諸説あり、言い出したのは徳川家康だとも、富士は日本一の山で、鷹は鳥の王、茄子は「成す」に通じるからともいわれる。じつは続きがあり、「四扇五煙草六座頭」だそうだ。扇は末広がり、煙草は運気上昇。座頭は琵琶法師に毛がない（怪我ない）にかけているのだそうだ。

初夢も無く穿く足袋の裏白し　渡辺水巴

―七種粥(ななくさがゆ)―　七種粥の「ななくさ」はもともと春の七草ではない！

七草粥(ななくさがゆ)　七日粥(なのかがゆ)　薺粥(なずながゆ)　若菜粥(わかながゆ)　七種雑炊(ななくさぞうすい)　七雑炊(ななぞうすい)　叩き菜(たたな)

奈良時代には七種と書いて、七種の穀物（米、大麦、小麦、粟、黍、大豆、小豆）の粥を食べていた。春の七草が選定されたのは平安前期からで、『年中故事要言』に「芹薺(せりなずな) 御形(ごぎょう)はこべら仏の座菘(すずな) 蘿蔔(すずしろ)これぞ七草」とある。『枕草子』にも「七日の日の若菜を、六日、人の持て来……」とある。御形は母子草、はこべらは、はこべのこと。仏の座の別名は「たびらこ」。菘は小蕪、蘿蔔はミニ大根。雪深い地方などは七草が揃わないので、地方によって種が異なることもあったが、今はスーパーマーケットで七草セットが容易に手に入る。

さて七種粥の意味の一つは、七種に託す「無病息災」への祈り。もう一つは「五穀豊穣」。鳥たちは穀物をついばむ。そこで七種を「七種なずな唐土のとりが日本の土地に渡らぬさきに七種なずな……」と歌いつつ、まな板を叩いて鳥を追い払い、豊作を願う儀式「七種打」「七種はやす」「叩き菜」が生まれた。

七日粥息やはらかく使ひけり　土肥あき子

―左義長（さぎちょう）―　どんど焼きをなぜ左義長というのか？

どんど　とんど　どんど焼き　飾焚く　吉書揚げ　飾りはやし　三毬杖

『徒然草』に「さぎちやうは、正月に打ちたる毬打を、真言院より神泉苑へ出して、焼あぐるなり……」とあるように、左義長は宮中で行われていた。古くは三毬杖とも書いた。毬杖は子どもの遊びに使った毬を打つ長柄の槌。祝い棒でもあり、この青竹または木を三本結んで立てたところから三毬杖というようになったという。また、鳥追い行事の関連から鷺長という説もある。

小正月に行われる火祭で、子どもの行事となっているところも多い。門松、注連縄、書初めなどを持ち寄って焼く。火が激しく燃え、それを囃したところから、「とんど」「どんど焼き」ともいわれる。火を焚くことは魔よけなどの重要な行事で、この神聖な火は若火といい、年神が煙とともに天に帰るとされる。書初めが高く燃え上がれば書が上達し、この火で体をあたためると若返り、餅や団子や烏賊を焼いて食べたあと、灰を持ち帰って撒いておくと、無病息災ともいわれている。

羽のなきもの左義長の空を飛ぶ　辻田克巳

—初詣(はつもうで)—

初詣はいつから盛んになったか？

初参(はつまいり)　初社(はつやしろ)　初神籤(はつみくじ)　初祓い(はつばらい)　正月詣(しょうがつもうで)　初庭(はつにわ)

江戸時代後期には、その年の年神が来る神社に参詣する恵方参りが始まっていた。伊勢神宮に参ることを「初伊勢」という。合わせて二見ケ浦の初日の出を拝む人も多い。京都の八坂神社では「おけらまいり」という神事が行われ、大晦日から賑わう。

初詣が盛んになったのは一八七二（明治五）年、東海道線の開通によって、川崎大師へのお参りが簡単になったためともいわれる。新橋から臨時列車も設けられた。鉄道網の発達で、成田山新勝寺（成田詣）など遠方でもアクセスは容易となり、また京成電鉄や京浜急行、成田鉄道（現・JR成田線）などは参拝客輸送を目的に開通した。鉄道会社による熾烈な初詣客の争奪戦が始まり、宣伝合戦や運賃の割引競争まで起こり、そのことがさらに初詣客を増やしたといわれる。

初詣の人数が三〇〇万人以上で毎年、全国トップであり続けているのが明治神宮。大阪では住吉神社の総本社である住吉大社が人気を集めている。

初詣なかなか神に近づけず　藤岡筑邨

―七福神詣(しちふくじんまいり・しちふくじんまゐり)―

七福神はインターナショナル

七福詣(しちふくまいり)　福神詣(ふくじんまいり)　福神巡り(ふくじんめぐり)　福詣(ふくまいり)

七福神詣は正月七日までの間に、七福神の祀ってある寺をめぐって一年の福を祈る。江戸時代からの風習で各地に広まっている。七福神は商売繁盛の恵比寿、福の神の大黒天、正義の味方の毘沙門天、芸術・財運の弁財天（吉祥天）、幸運を運ぶ布袋、延命長寿の神の寿老人と福禄寿で、それぞれ特徴があるが、いずれにしても福徳の神。その誕生は室町時代といわれる。経典の「七難即滅、七福即生」や「竹林の七賢」などにならって七体が選ばれたという。

意外なのは七福神の出身地が違うこと。恵比寿が日本（神道）、大黒天、毘沙門天はインド（仏教）、弁財天がインド（ヒンドゥー教）、布袋、寿老人、福禄寿の三神は中国（道教）である。布袋だけは実在の人物で、中国の唐末期の禅僧、契此(かいし)がモデルになっているという。国際色豊かで、国際協調的なメンバー構成になっている。国家間の争いとは縁遠い朗らかな気持ちを届けてくれる。

一草も踏まず七福詣かな　上田五千石

あとがきにかえて

俳句は私の人生の伴走者であり、「遊びをせむとや生まれけむ」をモットーにしている者にとっての大切な遊びであり続けている。

ベストセラーエッセイ『ツルはなぜ一本足で眠るのか　適応の動物誌』(小原秀雄著、草思社刊)に出会ったとき、歳時記には書かれていないことだなあ、と感じた。以降、新聞記事や好きな雑学の本に触れるたびに、素朴な疑問と回答、トリビアが歳時記に載っていたらどんなに楽しいだろうと思った。それからは折を見て四季別に、季語に関する興味深い情報のコピーや切り抜きを続けていた。

数年後、気が付いてみれば膨大な量になっていて、ビールに関してだけでも一冊の本になりそうな分量があった。

再び俳句がブームだという。紙と鉛筆さえあれば、いつでもどこでも感動を書き留めることができ、句座があれば仲間とともに至福の時が過ごせる。今がタイムリーと思い、これまで集めた資料の整理、まとめにとりかかった。執筆というより編集作業に近かった。

歳時記にならい、四季別に時候、天文から入り、植物までを順に、一ページ一項目でまとめてみた。できるだけ正確な最新情報を、そして実用情報も……と心掛けた。自然も科学も刻々と変化を遂げている。情報の古いものなど、もしお気づきの点があったらご一報いただきたい。ネット情報をはじめ、多大な資料と歳時記（書名は割愛させていただいた）に携わった多くの俳人、諸先輩の方々がおられなければこの本は成立していない。

文中の名句は主に九種類の歳時記から引用した。ルビは原則として口語とし、原句にはなくても読みにくいと思う言葉に付した。

末筆ながら、本書の刊行に寄与していただいた諸先輩の方々、また、俳句・短歌の先輩、仲間たちにも心より感謝したい。

編者　新海　均

本書は書き下ろしです。

本文イラスト　霜田あゆ美

季語うんちく事典

新海 均＝編

令和元年 9月25日　初版発行
令和7年 3月10日　8版発行

発行者●山下直久

発行●株式会社KADOKAWA
〒102-8177　東京都千代田区富士見2-13-3
電話　0570-002-301（ナビダイヤル）

角川文庫 21828

印刷所●株式会社KADOKAWA
製本所●株式会社KADOKAWA

表紙画●和田三造

●お問い合わせ
https://www.kadokawa.co.jp/（「お問い合わせ」へお進みください）
※内容によっては、お答えできない場合があります。
※サポートは日本国内のみとさせていただきます。
※Japanese text only

ISBN 978-4-04-400553-5　C0192

角川文庫発刊に際して

角川源義

第二次世界大戦の敗北は、軍事力の敗北であった以上に、私たちの若い文化力の敗退であった。私たちの文化が戦争に対して如何に無力であり、単なるあだ花に過ぎなかったかを、私たちは身を以て体験し痛感した。西洋近代文化の摂取にとって、明治以後八十年の歳月は決して短かすぎたとは言えない。にもかかわらず、近代文化の伝統を確立し、自由な批判と柔軟な良識に富む文化層として自らを形成することに私たちは失敗して来た。そしてこれは、各層への文化の普及滲透を任務とする出版人の責任でもあった。

一九四五年以来、私たちは再び振出しに戻り、第一歩から踏み出すことを余儀なくされた。これは大きな不幸ではあるが、反面、これまでの混沌・未熟・歪曲の中にあった我が国の文化に秩序と確たる基礎を齎らすためには絶好の機会でもある。角川書店は、このような祖国の文化的危機にあたり、微力をも顧みず再建の礎石たるべき抱負と決意とをもって出発したが、ここに創立以来の念願を果すべく角川文庫を発刊する。これまで刊行されたあらゆる全集叢書文庫類の長所と短所とを検討し、古今東西の不朽の典籍を、良心的編集のもとに、廉価に、そして書架にふさわしい美本として、多くのひとびとに提供しようとする。しかし私たちは徒らに百科全書的な知識のジレッタントを作ることを目的とせず、あくまで祖国の文化に秩序と再建への道を示し、この文庫を角川書店の栄ある事業として、今後永久に継続発展せしめ、学芸と教養との殿堂として大成せんことを期したい。多くの読書子の愛情ある忠言と支持とによって、この希望と抱負とを完遂せしめられんことを願う。

一九四九年五月三日